KB076741

20해의 다이어리

나의 영국 이민 생활 일기

2. 영국에서 두 아이 키우기

For my Andrew and Jessica

20년간의 영국 이민생활 일기

스무 해의 다이어리

-해외에서 두 아이 키우기

요즘 들어 해외에서 육아를 하시는 분들이 참 많은 것 같다. 이민을 가거나 유학을 가거나 또는 나처럼 국제 결혼 등으로 한국을 떠나 다른 문화들 속에서 자녀를 낳아 키우며 육아에 많은 고민과 어려움이 많지만 어떻게 해야 할 지 모르는 분들도 많은 것 같다.

나 또한 그러했다.

아이들은 현지 나라에서 교육을 받고 살아갈 테니 당연히 그 나라의 습관과 문화와 언어들을 잘 배워야 하고 그렇다고 부모가 태어난 나라의 언어와 문화들도 무시할 수 없다. 또한 내가 태어나서 교육을 받아 본 적이 없는 나라에서 아이들은 자라고 교육을 받을 것이기에 그 부분에 대한 서로 다른 문화와 다른 교육관도 부모들과 어려움에 부딪히게 된다.

해외에서 아이를 키운다는 건 단지 아이를 바르게 키우는 것뿐만이 아니라 이방인으로써 그 문화와 언어, 그리고 음식들의 장벽까지 넘어서서 아이들에게 올바른 가치관까지 가르쳐야 한다는 두 세배의 수고가 뒤따른다. 다들 본인들 나름의 교육 철학과 육아 방식으로 아이들을 키우지만 육아에는 수학처럼 딱 떨어지는 공식들이 없다.

 이 책에서는 동양과 서양 육아법의 장단점을 짚어가면서 해외에서 육아를 하시는 많은 분들의 수고를 조금이라도 덜어주고자 한다.

 특히 이방인으로 영국에 살면서 새롭게 적응을 해야 했던 나의 인생과는 또 다르게, 태어나자마자 영국인이 되어버린 아이들을 여러 시행착오 속에서 키우면서 현지 아이들
 안에서 바른 정체성을 가지고 자존감을 높일 수 있는
 교육을 위해 어떤 노력을 했었는지, 영국 출생 후 명문대 입학까지의 긴 스토리를 나만의 경험담과 함께 추억의
 다이어리로 적어보았다.

 부디 이 책이

 해외에서 육아를 하시는 많은 한인 분들, 동서양 육아의 장단점을 알고 바른 육아법을 함께 알아가고 싶으신 분들, 그리고 일상 육아에 지치신 많은 분들께 웃음과 쉼터 그리고 육아에 조금이라도 도움이 되길 간절히 바란다.

Oxford Island (Northern Ireland)

글쓴이: 박지희

표지 디자인: jessica Li

목 차

모국어 교육의 중요성

아이에게 부모의 언어를 가르치는 부분은 아이들의 교육에 있어서 내가 가장 중요하게 생각하고 있는 부분이다. 하지만 영국에 사는 많은 한국 부모님들은 학교에서 영어가 뒤쳐질까 봐 또는 외국 생활과 그 문화에 더 완벽하게 흡수되고 적응시키기 위해 한국어 가르치는 부분을 중요시하지 않는 사람들이 꽤 많다. 이 부분은 내가 정말 이해 못 하는 부분이다.

그리고 이렇게 걱정하고 우려하고 있는 부분들.

"절대 아니다. 그런 일 없다!"

사실 영국에서 태어나서 영국 로컬학교를 다니게 되면 영어를 잘하게 되는 건 당연하니 영어에 대해서는 차라리 크게 걱정하지 않아도 된다. 그리고 언어는 많이 배울수록 더 쉽게 늘고 어릴 적 아이들의 뇌는 모두가 흔히 말하는 스펀지가 맞다.

그 얼마나 소중하고 감사한가.

시간과 돈, 그리고 상황이 주어진다면 난 좀 더 많은 나라에서 아이들을 살아보게 하고 싶었다. 스펀지 같은 뇌를 가진 보석 같은 그 나이는 다시 돌아오지 않는 것이기에 그리고 모국어를 가르치는 일은 단지 언어 습득을 위한 장점만이 있는 것만은 아니었다.

가장 중요한 이유는 가족 간의 완벽한 소통이다.

부모님이 가장 편하게 쓸 수 있는 언어를 자녀에게도 제대로

가르쳐 준다는 건 가족 간의 소통을 위해 가장 중요하고 행복한 부분일 것이다.

그리고 문화이다.

부모님의 언어뿐만 아니라 그 언어의 배경과 문화를 통해서 학습으로 배울 수 없는 정서를 뼛속까지 익히고 이해하게 된다. 다양한 문화와 언어를 접하게 되는 부분은 아이들의 정서 발달과 사고에도 분명히 도움이 될 것이다.

우리 아이들은 둘 다 영국의 시골에서 태어났다.

비록 한국이 아닌 영국에서 태어났지만 지금은 아이들과의 소통을 한국어로100프로 할 수 있다는 부분이 얼마나 감사한지 모른다. (나중에 아이들 한국어 교육 때문에 온 가족이 몇 년 간 한국행을 선택하게 된다)

한국어를 완벽하게 할 수 있으니 사춘기 아이들이랑 같이 한국 드라마나 한국 프로그램을 보면서 영국이랑 한국 문화 차이도 재미있

게 토론하며 서로 웃게 된다. 그리고 유튜브 영상에서 자료를 찾거나 재미있는 영상을 볼 때도 영어권 유튜버나 한국인 유튜버 사이를 마음대로 오가며 정보를 찾아볼 수가 있다. 그리고 확실히 두 가지 이상의 언어와 문화를 접한 아이는 한쪽 문화에만 치우치지 않고 양쪽 문화의 장단점을 다 받아들이게 된다. 그리고 사고의 폭도 세상을 바라보는 시각과 관점도 훨씬 커지게 된다.

특히 우리 집 가정 같은 경우에는 아빠와 아이들은 영국에서 태어났지만 나는 어른이 되어서야 영어권인 나라에 와서 영어를 배우게 되었기에 내가 아무리 노력을 해도 완벽한 영어로 가족들과 함께 소통하기에는 당연히 한계가 있었다. 하지만 이때 모국어를 아이가 완벽하게 이해를 하면 사춘기 때 확실히 엄마와 일상적인 대화뿐만 아니라 서로의 많은 생각들과 의견 그리고 깊은 대화와 공감을 서로 할 수 있게 된다.

요즘 들어 아이들이 이런 말을 종종 하곤 한다. 학교에서 공부를 할 때 다른 친구들은 영어밖에 몰라서 자료를 찾아도 한계가 있는데 자신들은 훨씬 넓고 다양하게 자료와 지식을 양쪽 언어로 이해하고 찾아볼 수 있어서 정말 큰 장점이라고.

정말 장담컨대 12세 이전의 아이들의 뇌는 스펀지가 맞다.

그래서 이민을 간 많은 부모들이 자녀들에게 모국어를 가르치려 하지 않고 소홀히 한다는 건 너무나 안타깝다.

"큰 스트레스 없이 많은 언어를
오픈 된 환경에서 사용할 수 있다는
장점은 수 없이도 많지만
단점은 거의 없으니까"

영국에서의 임신과 출산.
그리고 서로 다른 문화들

- 임신과 출산

여성에게 있어서 임신과 출산은 평생 잊을 수가 없는 과정이다. 특히 이방인으로 다른 나라에서 그 과정을 겪는다는 어색함은 서로 다른 정서와 문화의 이질감으로 더 심해질 수 밖에 없을 것이다. 하지만 걱정했던 것과는 달리 난 너무나 편안했다. 무엇보다 생명의 소중함을 진심으로 마음으로부터 축복해 주고 날 소중하게 해 준다는 느낌을 매번 받게 했다. 임신을 한 것 같다고 첫 발걸음을 디뎠던 동네 병원에서 검사를 하고 간호사 할머니께서 진심으로 축하한다며 손을 잡아 주시던 그때부터 내 맘은 편안했던 것 같다.

- 임신

영국에서는 임신과 출산까지 국가에서 책임지고 보호해 주는 기분이 든다. 임신을 하게 되면 곧바로 midwife(조산사)와 연결을 해

주고 8주 즈음되면 첫 미팅을 하게 된다. 한 시간 이상의 미팅은 나의 몸 상태부터 체크를 시작해서 내가 살고 있는 환경과 나의 보호자(남편)의 모든 상황들, 종교 여부, 심지어 배우자가 임신 사실을 알고 있는지 축복해 주는지 혹시 폭력적인 부분이 있는지 까지 체크한다. 그리고 집에서 아이를 키울 수 있는 환경과 여건이 되는지 모든 부분들을 체크하게 된다. 임신부터 출산 후 1년까지는 모든 백신과 약 처방 그리고 치과비용까지 국가로부터 무료 혜택을 받게 된다. 물론 모든 임신 체크와 출산 비용은 당연 무료이다.

한국에서 출산을 한 적은 없지만 한국의 지인과 가족을 통해서 들은 것과 비교하면 무엇보다 영국에서는 산모와 아이 중심이었다.

-출산

영국에서는 한국병원에서 일반적으로 생각하고 하게 되는 회음부 절개, 제모, 관장 등이 없다. 이 부분은 산모에게 수치심과 굴욕을 느끼게 한다고 들었다. 물론 여기에서도 산모가 원하면 해 준다고 듣긴 했다.

모든 건 그냥 자연적으로 물이 흘러가는 데로.

분만 과정도 음악이 흘러나오는(물론 나중에는 들리지도 않지만) 아늑한 공간에서 가족들과 함께 진통을 하고 함께 출산을 하게 된다.

출산은 아이에게도 정신적 육체적 쇼크를 준다. 엄마의 자궁수축으로 아이 또한 많은 아픔을 엄마와 마찬가지로 받게 된다. 그래서 아이가 태어나면 제일 먼저 만사를 제쳐두고 피가 묻은 아이를 대강 닦고 엄마의 품에 먼저 안겨 준다. 거의 두어 시간은 안기어 있었던 거 같다. 아이에게 영양을 공급했던 태반도 금방 치우지 않는다. 탯줄 처리도 급하게 하지 않는다. 갓 태어난 아이를 위해 무엇보다 가장 중요하게 생각하는 부분은 엄마와의 유대감이다.

출산의 과정은 정말 하늘이 노랗게 변하도록 힘들었는데 배 안에 있던 아이와의 첫 만남은 묘한 기분을 들게 한다. 그리고 한참 동안 안겨서 엄마의 심장 박동 소리를 들으며 아이 또한 편안하게 엄마의 품을 마음껏 느낀다. 그리고 그 시간만큼은 주위에서도 큰 소리를 내거나 요란을 떨지 않도록 했다.

"얼마나 무서웠을까.."
깜깜한 엄마의 뱃속에서 간간히 바깥소리만 듣다가 갑자기 모든 환경이 바뀌어 버리는 순간, 나 혼자 살기 위해 발버둥 쳐야 하지 않으면 안 되는 이 세상에 태어난 것 자체가 울음으로밖에 표현하지 못하는 아이에게는 이 어리둥절한 상황들이 얼마나 두려웠을까. 그러니 이때 그나마 가장 가까웠던 엄마의 품과 엄마의 목소리를

첫 만남에서 아주 잘 느낄 수 있다는 것 자체가 얼마나 중요한 일인
가.

> "이 진정한 유대감이야 말로
> 나중에 성장해서 생기는 것이 아니라
> 바로 이때 엄마와의 첫 긴밀한 만남에서
> 생기는 것이라 생각한다."

실제로 출산직후 아이가 피부 접촉을 통해 엄마와의 교감을 하면
서 모유 수유를 하게 되면 그렇지 않은 아이들과 비교해 조화로운
발달을 하게 된다고 한다. 그리고 부모와 교감을 가지지 못해 출산
후 트라우마를 겪게 된 아이는 몸 전체에 연결된 뉴런에 방해를 받
게 되어서 아기의 성장 발달 조화에 문제가 생길 수 있다는 연구도
있다.

그래서 태어나자마자 엄마에게 안겨서 최소 두어 시간은 아무의
방해도 받지 않고 엄마의 품에서 편안함을 느끼는 부분이 아주 중
요하다. 실제로 아이는 태아 시절의 기억을 가지고 있다는 연구 결
과들도 있다.

- 서로 다른 문화들(집 안에서의 신발 문화)

영국에서 아이를 출산하게 되면 며칠 후부터 HEATH VISTER 가 직접 산모의 집에 방문을 정기적으로 하게 된다. 그때 산모의 고민이나 어려운 점, 아이 상태와 몸무게, 키 체크, 산모의 몸 상태 등등 모든 부분들이 괜찮은지 아주 자세히 체크를 해 주러 오신다. 산모가 우울증이 있는지 앞으로 아이를 돌봄에 있어서 어려움은 없는지, 수유 방법에 어려운 점이 없는지 여러 가지를 상담해 주시고 체크해 주셨다. 매주 정기적으로 10회 정도 방문을 오셨던 것 같다.

그 중 매번 애매했던 부분들 중 하나가 신발을 신고 집에 들어오는 문화였다.

한 번은 집에서 왜 신발을 신냐고 내가 솔직하게 영국친구에게 물어본 적이 있다. 그리고 다른 사람의 집에 방문했을 때 신발을 벗어달라는 요구를 받으면 어떤 기분이 드는지도 물었다. 그때 그 친구가 이렇게 말을 해 주었다. 본인은 나와 우리 집의 문화 차이를 아니 항상 본인 슬리퍼를 들고 집에 놀러 오지만, 낯선 사람한테서 처음 그 요구를 들으면 좀 난처하고 신경이 쓰이는 부분은 어쩔 수 없다고 했다.

내가 외투를 입고 있는데 안에 입은 옷 상태도 별로이고 딱히 벗기가 싫은데 상대방이 외투를 벗어달라고 하는 기분이랄까, 실제로 신발 속 양말 상태가 안 좋을 수도 있고 냄새가 날 수도 있는데 벗으라 할 때 조금 당황스러울 수도 있다고. 머리를 안 감아서 떡 진 상태라 모자를 쓰고 있는데 모자를 집 안에서 벗어달라고 하는 기분도 든다고. 이러한 여러 가지 비교와 상황으로 이해를 시켜주려고 했고 난 이해를 해 보려고 했다. 그래도 모자와 외투를 더러운 신발과 같이 비유를 하는 건 이해가 안 되었지만 어떤 기분인지 그 뉘앙스는 어느 정도 이해를 할 것 같았다.

어쨌든 난 HEATH VISTER가 집에 오셨을 때 보통 신발을 벗어 달라는 양해를 구하지 않으면 아이와 지내고 있는 이층 방까지 신발을 신고 오시기에 그 때는 정중하게 이층은 신발을 벗고 올라와 달라고 부탁을 했다. 그리고 그 다음부터는 우리 집에 오실 때는 어련히 신발을 알아서 벗어 주셨다.

하지만 다른 이유로 그때가 되면 온 가족들이 분주해진다.

난 출산 후 안방 침실은 그대로 비워두고 친정 엄마의 산후조리법 아이디어에 따라 다른 빈 방에 전기장판을 깔고 바닥에서 생활하고 있었다. 아이를 낳고 몸이 망가진 상태에서 푹신한 침대 생활을 하면 허리가 망가진다고도 하시고 산모는 무조건 바닥이 따뜻한 곳에서 생활해야 하는데 한국처럼 바닥이 따뜻한 온돌 식 구조가 아니니 어쩔 수 없이 전기장판을 깔아 두고 바닥에서 지냈던 것이다.

그러다가 HEALTH VISTER 가 문을 두드리면 재빨리 아기와 함께 안방 침대에 가서 우아하게? 누워서 아무 일도 없었다는 듯 기다리곤 했다.

지금 생각해도 그 상황이 웃기지만, 사실 다른 방에는 널브러진 이부자리와 여기저기 뒹굴고 있는 기저귀 등 난리였는데 그 바닥

생활 모습을 그대로 보였다가는 괜히 서양사람들에겐 이해하기 힘든 모습이었을 것이다. 심지어 맞지 않는 힘든 환경과 상황 속에서 아이를 키운다고 잘못 이해를 하시고 방문 후 쓸데없는 리포터가 들어갈지도 모른다고 생각하고 아기 침대를 어른 침대 옆에 둔 완벽히 청소된 안방을 따로 항상 준비해 둔 그때가 지금 생각해도 너무나 웃긴다.

이렇게 한국과 영국의 다른 출산 문화 중 가장 중요한 부분은 영국은 임신부터 한 생명이 탄생을 하고 산모가 그 생명을 돌볼 수 있다고 생각될 때까지 나라에서 보호하고 관리를 받는 느낌이었다.

한국에서는 아기가 태어나면 아기를 깨끗이 목욕시키고 산모의 배나 가슴 위에 살짝 안겨 준 뒤 아기는 신생아실로 산모는 입원실로 이동하는 것으로 알고 있다. 그리고 며칠 뒤 퇴원을 하는데 영국에서는 태어나서부터 퇴원할 때까지 엄마와 아기는 절대 떨어지지 않고 계속 함께 하게 된다.

병원에 지내는 동안 midwife는 모유 수유를 하는 방법들을 같이 도와주시기도 하고 밤에 아기가 많이 울면 함께 봐주시기도 하셨다. 물론 임신 때부터 내가 힘들게 산통을 겪을 때도 나와 함께 해 주셨다. 그리고 퇴원하기 전에는 아기를 어떻게 씻기고 닦이고 입히는지, 물 온도는 어떻게 측정해야 하는지 아주 자세하게 알려주시면서 함께 목욕시키시며 알려주셨다. 그 모습을 남편이 영상으로 남

긴결 한국 가족들이 보고 놀라셨던 게 기억난다. 병원에서 이런 것
도 다 가르쳐 주냐고.

난 그때

"그럼 아기 목욕시키는 건 초보 엄마들은 어디서 배워?" 하고 진
심으로 의아해했었다.

'요람에서 무덤까지'

영국의 의료시스템에 대해 앞에서도 설명을 했지만 영국은 무상
의료시스템이다. 심지어 아기가 태어나면 그때부터 성인이 되는 만
18세까지 국가에서는 milk money(양육 보조금)를 매달 영국에 있
는 모든 아이들에게 주게 된다.

한 생명이 생기고 탄생하고 자라나는 신비함과 축복.

이 부분을 진심으로 축하해주고 소중히 여기고 마지막까지 함께
해 주는 부분은 참 감사한 부분인 것 같다.

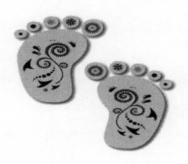

엄마도 처음이야.
-아이와 같이 성장한다는 것

모든 엄마들에게 첫 아이의 육아는 기쁨과 설렘, 행복 그리고 두려움과 막막함의 감정들이 함께 섞여서 시작될 것이다. 아기가 태어났을 때 나에게 가장 힘들었던 부분은 부담감과 두려움이었다.

아기가 금방 태어났을 때의 기분.

나도 아직 어린것 같은데 이 조그만 애기는 나의 의해 이 작은 생명이 유지될 수도 있고 안 될 수도 있다는 부분에 대한 부담감이 가장 컸다. 그리고 내가 실수로 잘못해서 아이를 떨어뜨리거나 음식을 잘못 주거나 하면 어떡하지 하는 두려움이었다.

솔직히 나만을 바라보고 있는 이 작은 생명체가 너무 부담스러웠었다. 모유 수유를 하면서도 내가 먹는 음식의 영양이 그대로 가는 것에 대한 부담이 있었고, 내가 말하고 행동하는 모든 것을 이 아이가 그대로 느끼고 배워서 그 모든 부분들이 아이에게 하나하나 쌓

여가면서 이 아이의 정체성과 인격체에 영향을 주게 될 거라는 부담감도 있었다.

하지만 지나 보면 그러한 시간들은 그다지 그리 길지 않았다.

막상 현실 속에 부딪혀 매일매일 아기를 키우기에 바빴고 누워서 먹고 자고 울기만 하던 아기는 몇 달이 지나면 기기 시작하고 앉기 시작했다. 또 어느 정도 엄마의 말을 이해하고 또 말하기 시작하고 걷기 시작한다. 그러기 시작하면서 내 감정도 아이의 눈높이에 같이 맞추어 얘기하고 웃기 시작하면서 달라지기 시작했다.

그렇게 나도 엄마가 되어갔다...

비로써 그 부담감과 두려움은 한 생명체를 향한 더 큰 책임감과 사랑으로 덮이는 것 같았다.

그러다가 자아가 생기면서 고집도 부리는데 그때부터 엄마는 또 난관에 부딪힌다.

지금까지는 백 프로 나의 의해 모든 부분에 영향을 받을 것 같은 수동적인 위치에서의 아이가 점차 능동적으로 변해가며 대구를 하고 고집을 부린다. 갓난아기 때와 똑같이 엄마의 의지와 생각대로 움직이게 하면 아이는 울고 불고 또 엄마는 화를 내고 어찌할 바를 모르는 순간이 아주 금방 찾아온다. 아이와 함께 엄마도 같이 성장하고 달라지지 않으면 안 되었다.

그러다가 초등학생이 되고 중학생이 되는데 그때에는 또 어떻게 해야 할까.

한국에 갔을 때 교회에서 부모교실이라는 수업이 있었는데 그때 우연히 강의에서 들었던 내용이 인상이 깊어 항상 맘 속 깊이 새겨 두고 있는 말이 있다.

> "유아기에는 앞에서 이끌어주며 걸어주어라.
> 그러다가 아이가 자라 초등학생이 되면
> 그땐 옆에서 걸어가 주어라.
> 그리고 사춘기 시절이 되면
> 묵묵히
> 뒤에서만 걸어가 주어라."

특히 한국 아버지들은 그냥 북극성 같은 존재가 되어야 한다고 하셨다. 괜히 시끄럽게 아이들에게 잔소리나 말을 많이 하지 말고 아이들이 길을 잃었을 때 길을 찾을 수 있는 북극성의 존재가 되라고.

그러다가 20살이 넘으면 근처에 있지도 말고 그냥 도움을 필요로 할 때 도와주고 부모는 아이가 들어주길 원할 때 함께 들어주고 위로해 주는 부모가 되면 된다.

우리 아이들은 사춘기와 어른이 되어가는 길목에 있다.

우리는 아이에게 어떤 부모였고
또 지금 우리는 어떤 부모인가?

난 아이와 함께 바르게 성장하고 있는 엄마인가. 지금도 여전히
유아기 때의 부모이지는 않은지 되돌아보게 된다.

혼자 자는 버릇 들이기

서양에서는 아기가 태어나자마자 따로 재우는 부모들이 참 많다. 나도 아기가 아기방에서 따로 자는 부분은 동의를 하지만 그래도 태어나자마자 따로 떨어져 자게 하는 부모님들을 보면 참 너무 매정하다 싶을 때도 있다.

일반적으로 서양에서는 부모의 침대에서 아기가 같이 자는 부분에 대해서 부정적인 견해가 강하다. 우선 1살 미만의 애기가 부모와 같이 잔다는 건 아주 위험하다는 견해이다.

난 사실 갓난아기 때 밤 수유가 힘들어 수유 후 아기와 함께 내 침대에서 같이 자는 게 차라리 편해서 그렇게 했는데 그 얘길 듣고 동네 아주머니께서 절대 안 된다고 어른 침대에 같이 자게 되면 질식사가 일어날 수도 있다며 위험하다고 아주 난리법석을 피우셨다.

사실 공식적인 가이드라인에서도 부모와 함께 자는 부분은 부정적으로 다루고 있었고 실제 연구결과에서도 저소득층 944 명을 분

석한 결과 부모와 잠자리를 한 유아들이 사회적 행동과 인지능력면
에서 부정적인 영향을 받았다고 말하고 있었다.

요즈음 젊은 부부는 많이 달라졌지만 보통 애기 때부터 부모와 침
대에서 같이 자거나 바닥에서 요를 깔고 애기와 같이 자는 동양의
육아 잠자리 문화와는 좀 다른 것 같다.

Regardless of age, there are certain situations when co-slee
ping is ill advised and dangerous. A parent should avoid co-
sleeping with a child if they have been drinking alcohol or ta
king drugs that can hamper their ability to stir.There is limit
ed research examining the long-term effects of co-sleeping
with toddlers. A 2017 studyTrusted Source analyzed 944 low
-income families, and initially found that toddlers who shar
ed a bed with their parents were negatively impacted in term
s of both social behavior and cognitive abilities.

출처:https://www.healthline.com/health/parenting/co-sleeping-with-to
ddlers#safety

물론 따로 다른 방에서 재우는 부분에도 위험한 점이 있다. 특히
태어나자마자 아기를 따로 재우게 되면 가끔씩 Cod Death(아기
침대에서 질식사) 사고 뉴스를 종종 접하게 된다. 그래서 전문가들

은 Cod Death가 일어나는 것을 방지하기 위해 적어도 6개월은 부모랑 같은 방에서 아기 침대를 옆에 같이 두고 자라고 조언을 한다. 적어도 아기가 혼자서 목을 가눌 수 있을 때까지는 말이다.

Official guidelines tell parents to keep babies in the parent(s) room until they are 6 months old. This is because the risk of SIDS (cot death) is greater for babies who sleep on their own compared to sleeping in the presence of an adult.

출처:https://www.basisonline.org.uk/room-alone/

어느 날 티브이에서 본 정확히 무슨 방송이었는지는 잘 기억이 안 나지만 참 인상 깊게 남아 있는 영상이 있다. 아기가 잘 시간이 되어 따로 혼자 방에서 재우는 훈련을 시키는 부분이었다. 아기를 침대에 눕히고 잠들기 전에 나오자 아기는 얼마 후 다시 보채고 울기 시작했다. 그 아기 방 문 앞에서 엄마는 맘이 약해져서 방문 고리를 잡고 울고 있고, 아빠는 엄마의 어깨를 다독거리며 위로를 하고 있는 장면이었다. 따로 재우더라도 보통 아기가 잠을 자지 않고 울면 내가 이상적이라 생각하며 익숙한 모습은 부모 중 한 사람이 들어가 잘 때까지 함께 기다려 주고 슬그머니 방을 빠져 나오다가 다시 깨면 다시 재우기를 반복하는 엄마 아빠의 모습이었다.

하지만 영국 티브이 속의 엄마와 아빠는 마음은 아프지만 아주 힘들어하면서도 가능한 한 금방 들어가지 않기 위해 마음을 다잡고 참고 견디고 계신다. 아무 다른 이상 없는데 그냥 잠투정을 하는 아이의 버릇을 고치기 위해 둘이서 마치 무슨 중대한 큰 의식을 치르고 있는 모습들 같았다. 혼자 잠들게 하는 습관을 들이기 위해 힘들게 노력하는 모습을 보면서 난 그때 뭐 저렇게까지 해야 하냐, 저게 일반적인가? 라는 생각이 들었다.

개인적으로 나는 서양(영국)과 동양(한국)의 중간 정도가 좋다고 생각한다.

하지만 중간이라는 건 첨부터 존재하지 않는지도 모르겠다.

아이가 울면 어떤 순간이라도 그것이 단순 잠투정이라도 바로 달래주는 동양이 좀 더 인간적이고 그나마 나에겐 더 이해 가는 모습일지도 모르겠다.

그런데 확실한 건 돌이 채 지나지 않은 아이도 서양식대로 재우기 시작하면 (여기서 중요한 건 아이가 아프거나 배가 고프거나 기저귀가 불편해서 우는 경우가 아니다. 단순 잠투정이라는 부분을 부모가 체크하고 확신이 있을 때이다.) 확실히 아주 어린 아기도 잘 적응을 하게 된다. 그리고 훨씬 혼자서 깊은 잠을 자게 되는 것 같다.

특히 밤에 깨어서 굳이 모유나 우유를 먹지 않아도 되는 시기부터 아이에게 이제 자야 할 시간이라는 걸 인식시켜 주고 엄마가 근처에 있다는 걸 알게 해 준다. 처음에 자장가를 불러주고 잘 자라는 인사를 하고 아기가 잠들기 전에 나온다. 아이가 잠투정을 시작하면 아기 방에 들어가서 다시 다독여 주고 나온 뒤 다음에는 좀 더 오랜 시간을 기다렸다가 다시 안정감을 심어주고 다음에는 더 긴 시간을 기다리게 하다가 다시 아기에게 안정감을 심어준다. 이렇게 혼자 자게 하는 버릇을 주게 되면 아이는 점차 스스로 지금은 자야 하는 시간이라는 것을 인식하고 스스로 자기 시작한다는 것이다.

이 부분을 제대로 잘하지 못하고 엄마나 아빠가 무조건 품에 안고 같은 방에서 자기 시작하면 거의 몇 년간은 밤과 낮의 육아와 풀 타임 집안일로 마라톤 같은 육아를 너무 힘들게 하게 된다.

그리고 많은 한국이나 동양 부부들이 그렇듯 이렇게 따로 자는 버릇을 잘 들이지 않으면, 부모 중 다음날에 일을 해야 하는 쪽이 조용한 방에 자게 되고 다른 한쪽은 아기와 밤새 씨름을 하면서 자게 되는 우스꽝스러운 부부의 각방 생활이 시작이 된다. 그리고 아침에는 서로 지친 얼굴로 힘들게 하루를 시작한다.

서양 부부들의 모습에서는 잘 그려지지 않는 모습이다.

하지만 이 글을 적고 있는 나도 그렇게 완벽하게 티브이에 나오는 엄마 아빠처럼은 하지 못했다. 그리고 이 점에 대해서는 어느 정도 장단점이 있다고 생각한다.

처음에는 좀 매정하다 싶지만 아기에게 혼자 자게 하는 독립심을 심겨주고 안정감을 느끼며 자게 함으로 엄마 아빠도 확실히 육아로부터 훨씬 더 편해지는 부분은 있다. 그리고 보통 서양에서는 무슨 일이 있어도 저녁 7시에서 8시 사이에는 아기를 재워야 한다는 엄격한? 취침 시간을 지키고 있으니 부부의 개인적인 시간도 보장을 받고 삶의 질도 높아진다. 어린 아이들이 밤 10시가 넘었는데도 안 자고 마트에서 부모가 장을 보는데 같이 따라 나온 광경은 영국에서는 상상도 할 수 없다.

하지만 나의 개인적인 견해이지만 적어도 말도 못 하는 너무 어린 아기에게는 손을 타더라도 잠투정이 심해지더라도 많이 안아주고 같이 자고 하는 부분(안전하게만 한다면)이 아기의 정서에는 절대 나쁘지는 않을 것이다.

그리고 부모만 감당을 할 수 있다면 말을 하고 이해를 하기 시작하는 나이부터 그 버릇을 심어주는 것도 괜찮을 것 같다.

육아에는 100프로 이렇다 할 정답이 없을 것이다.

단지 내 성향이 어느 정도 감당을 할 수 있는지, 그리고 모두가 행복한 육아를 위해서 어떤 방식이 우리 가족한테 그리고 아이와 나에게 더 맞는지 잘 생각해 보고 결정하는 것이 가장 현명할 것이다.

나도 사실 아이들이 애기일 때 그렇게 열심히 독립적인 공간에서 혼자 자는 버릇을 들이기 위해서 노력했건만.이제는 사춘기가 되어

버린 딸이 엄마 방에서 같이 자고 싶다고 하면 요즘은 그렇게 반가
울 수가 없다.

"엄마 품에 안기려 할 때 많이 안아주자.
언젠가는 안아주려 해도
떠나버리는 게 자식이니..."

때와 장소에 따라

아기에게 맞는 공간 개념 심어주기

"누구든 엄마는 처음이다."

난 스무 살 때부터 일본 유학을 시작으로 이십 대 중반 영국 유학 그리고 국제결혼까지, 솔직히 한국에서의 육아 문화를 직접 접해 본 적도, 가까이에서 본 적도 딱히 없다. 언니들이 조카들을 키우는 모습들을 아주 잠깐씩 종종 보면서, 그리고 직접 간접적으로 한국 육아와 서양문화의 차이들을 보면서 나름 느낀 거라 이 또한 개인 적인 느낌과 경험에서 비롯될 수밖에 없다.

하지만 너무나 감사하게도 친정어머니께서 두 아이를 출생할 때 마다 6개월간 두 번씩이나 영국에 오셔서 육아를 도와주셨고 이 속 에서 동양과 서양의 육아에 대한 방식 차이와 견해를 어느 정도 더 많이 느끼고 배울 수 있었던 것 같다.

엄마와 가장 부딪혔던 부분들은 아기가 울 때였다. 한국과 동양문화에서는 "아이가 울면 무조건 바로 달려가 안아주고 달래주고 그 부족함을 채워주는 것" 이다.

하지만 서양에서는 상황에 따라 '무조건'이라는 것이 없다.

한 번은 영국 할머니 집에 초대를 받아 집에 갔었는데 아기가 너무 보채어서 부부 중 한 사람은 거의 저녁을 못 먹는 상황들을 아주 안타깝게 보시면서 말씀하셨다. 아이가 울 때면 "4가지 경우"를 생각해보고 다 충족이 되었다면 가능하면 안아주지 않는다고 하셨던 말씀이 생각이 난다.

그 네 가지는 바로,

'배가 고플 때, 기저귀가 더러워졌을 때, 그리고 어딘가 아플 때, 우유를 먹고 트림을 시킬 때' 뿐이라고 하셨다. 이 외에는 아이는 본인이 있어야 할 공간과 자리에서 먹고 자고 놀도록 규칙을 가르치고 익숙해지도록 만든다.

예를 들면 잘 때는 아기 침대, 먹을 때는 아기 식탁의자, 놀 때는 baby playpen안에서 안전하게 그리고 차에서는 무조건 무슨 일이 있어도 카시트에 앉아있도록 한다. 이 부분은 아이에게 바른 생활규칙과 안정감을 주게 되는 부분으로 태어나자마자 아주 중요시하게 교육시키는 부분이다.

내가 한국 드라마를 보거나 방송을 보면 가장 불편한 부분이 아이가 컸는데도 엄마 아빠와 한 침대에서 자는 부분과 카시트를 사용하지 않고 아기를 차 안에서 안아주는 부분이다. 동양의 정서에는 자연스러운 부분일 수도 있지만 서양에서는 상상할 수가 없다.

특히 아기의 안전과 연결된 부분에서는 더더욱 그러하다. 나도 엄마가 영국에 오셨을 때 가장 의견이 안 맞고 충돌했던 부분들이 아기가 울 때 할머니는 안쓰러워 아기를 자꾸만 안아 주시려고 하시는 부분이었다.

영국에서는 운전할 때 아기를 안아주다가 경찰에게 걸리면 벌금이 어마어마할 뿐만 아니라 나 또한 안전과 연결된 부분이라 절대 상상할 수가 없는 부분이었다. 하지만 우리 엄마는 반대로 아기가 뭔가 불편해서 우는데 어떻게 안 안아주냐고 너무 안쓰러워하시며 카시트에서 내려서 안아 주시곤 하셨다.

한국도 요즘 젊은 부부들은 카시트 부분만큼은 철저하게 지키는 것 같아 인식이 많이 바뀐 것 같기도 하다.

그리고 이런 규칙들을 철저히 만들면 나중엔 아기도 더 안정감을 느끼고 헷갈림을 느끼지 않게 되며 편안해하며 그 뿐 아니라 물론 아이를 키우는 부모 입장에서도 육아에 많이 지치지 않고 일관성 있게 아이를 키울 수 있는 것이다.

서양에서는 아주 당연하고 자연스럽게 지키는 규칙들이 있다.

그 자연스러운 규칙은 바로, 길을 갈 때는 가능하면 업거나 안지 말고 가능한 한 안전하게 벨트를 매고 유모차를 사용하기, 아기가 걷기 시작하면 엄마의 손보다 더 안전한 아기띠를 매고 걷게 하기,

거실에서는 안전한 의자 혹은 그네 사용, 그리고 앉고 기어가기 시작하면 보호 가드 안(playpen)에 들어가서 놀게 하기 등이다. 가능한 한 혼자 서고 앉고 걷고 하지 못하는 아기를 그 시기에 적절하게 아이에 맞는 물건들을 사용하게 하는 것이다. 이렇게 하는 부분들이 단지 사랑으로 엄마 아빠의 맨 몸과 두 팔로 직접 해결하려는 것보다 훨씬 안전하고 아이의 정서에도 낫다는 것이다. 아기띠도 한국에서는 왠지 아이를 줄로 묶는 게 이상하다는 이미지가 있지만 여기는 아기띠 없이 아이가 거리를 아장아장 엄마의 손만 잡고 걸어 다니는 것이 더 불안해 보이고 위험하게 느껴진다.

무엇보다 서양인들이 생각하는 육아 방식은 아기를 위험요소로부터 철저히 분리시키고 아이에게 일관성 있게 규칙을 주면서 아이에게 안정감을 주게 하고 덩달아 아이를 보살피는 보호자도 훨씬 더 여유롭게 육아를 할 수 있다는 것이다.

그래서 한국에서 보면 아이를 키우는 엄마는 한 명의 아이를 키우면서도 밥도 잘 못 챙겨 먹고 하루 종일 전전긍긍하며 육아에 지친 모습을 많이 보게 되는데 여기 살면서 이웃집들을 보면 애기부터 어린아이가 서넛이 되어도 두 마리 대형견까지 키우며 아줌마 혼자서 유모차를 밀고 개와 함께 산책을 하시는 모습을 자연스럽게 매일 보게 된다.

사실 육아에는 정답이 없고 비교할 수도 없는 부분일 것이다.

하지만 서양 엄마들의 육아 방식을 보면서 조금만 기본 적인 룰을
바꾸게 되면 엄마에게도 아이에게도 훨씬 좋은, 한층 더 여유롭게
육아를 할 수 있지 않을까라는 생각이 들었다.

내가 육아로 너무 지치고 힘들어할 때 이웃 영국 할머니가 해 주
신 말씀이 가끔 생각난다.

"육아를 한다는 것은
정말 행복하기도 하지만 지치기도 한단다.
애기를 안아 줄 때 귀엽다고
무조건 품에 앉지 말아라.
무슨 일이 있어서 울 때는, 우유를 먹을 때, 아플 때,
기저귀를 갈아줄 때 외에는
가능한 한 아기 의자나 카시트에 두면서
그 아기의 위치에서 함께 눈을 마주치며
놀아주고 얘기해 주는 게 좋아.
부모의 올바른 사랑 표현은....
아이와 함께 나누는 눈빛, 교감과 소통 그리고
엄마의 사랑스러운 대화이지,
무조건 꼭 품에 안고 하지 않아도

아이는 충분히 사랑을 느낄 수 있단다."

그러면서 마지막으로 하신 말씀이
"육아는 긴 마라톤과 같아서 엄마가 힘들지 않아야 아기도 행복하
다" 라고 하셨다.

우리 부부에게 항상 하신 말씀이 가끔씩 아이를 맡기고 둘이서 데
이트를 하라고 하셨는데 그때는 아이를 맡긴다는 것도 상상이 안
갔고 아기가 자라면 편하게 가야지 굳이 그게 당장 필요하다고 생
각도 못 하고 한 번도 그래 본 적이 없었다. 지금 많은 시간들이 흘
러서 생각해 보면 맞는 말씀이었구나 생각이 든다.

"이 모든 것에는 때가 있는 거구나"

내가 할 거야- 선택과 존중

-모든 게 서툴렀던 초보 엄마

주변에 육아의 선배나 가족이 없어서 육아에 대한 지식도 없고 모든 부분이 서툴러서 고민했던 나는 가능한 한 아이를 데리고 지역 단체 모임에 참석을 많이 하려고 애썼다. 주변에 한국 가족이 있는 것도 아니고 친구들 중에서도 내가 가장 먼저 육아를 시작한 터라 좀 더 남들이 하는 육아방식을 많이 보고 듣고 또 배우고 싶었다.

평일마다 교회단체에서 열리는 Mother and Toddler 그룹에 가면 엄마들끼리 얘기도 나누고 아이들끼리 장난감을 같이 셰어 하며 노는 프로그램도 있어서 동네에 있는 로컬 교회들을 여기저기 챙겨 다니기도 했고 그 중 좀 더 제대로 된 프로그램으로 일주일에 한 번씩 하는 PIP(Parent & Infant Project) 프로그램에도 참가를 하였다. 0세에서 만 3살까지의 아기들과 부모님이 참석하는 프로그램인데 아이들 뿐만 아니라 엄마들에게도 여러 가지 교육을 해 주는 프로그램이라 아주 많이 도움이 된 것 같다.

-유아 프로그램

PIP에서는 대부분 첫아기를 둔 초보 엄마들이었다. 1시간 반에서 2시간의 프로그램으로 처음에는 다른 종류들의 장난감과 책을 여기저기 두고 아기들에게 자유롭게 탐색하고 서로 원하는 장난감을 놀 수 있는 시간들을 가진다. 이 부분에서 가끔 같은 장난감을 가지고 아기들이 다투게 되면 담당 선생님께서 말도 못 알아듣는 아이의 눈빛을 보면서 차근차근 설명을 해 주시곤 했다. 엄마들이 하게 되면 자칫 서로 감정이 섞이게 되는 부분도 없어지고 아이들도 훨씬 말을 잘 듣게 되는 것 같았다.

그 다음에는 간식타임을 가진다. 이 시간은 단지 간식을 먹이는 시간이 아니었다. 갓 돌을 넘은 아이에게 식사 매너를 가르치고 혼자서 먹도록 하였다. 물을 쏟고 과일 접시를 엎질러도 선생님께서는 가만히 두라고 괜찮다고 하시던 모습들이 기억난다. 그때 많이 배웠던 점이 그 어린 나이의 애기들이 규칙을 배우고 엄마한테 안겨 칭얼대던 애기들도 점차 혼자 앉아 있을 수 있게 된다는 점이다. 플라스틱 포크를 사용해서 스스로 간식을 먹고 스푼을 사용하며 음식을 떠먹을 줄 알게 되며 손으로 먹어도 되는 핑거푸드 음식을 구별하며 식사예절을 배우게 된다는 부분이었다.

나중에는 점차 아이들만 동그란 탁자에 앉아서 간식타임을 가지고 바로 옆 테이블에서는 엄마들이 따로 간식타임을 가지게 되었다. 애기와 함께 느긋하게 비스킷과 뜨거운 차나 커피를 마실 여유를 부린다는 건 집에서는 상상을 못 했는데 그 모임에서 점차 규칙과 식탁 예의를 배워가는 아이를 보며 커피 한잔을 하며 흐뭇해하던 모습이 생각난다.

간식 타임이 끝난 뒤에는 몇몇 선생님들과 함께 단체로 아이들과 함께 게임과 노래, 율동을 하게 되고 엄마들은 한 공간이지만 아이들이 지켜볼 수 있는 좀 더 떨어진 곳으로 가서 모임을 가지게 된다. 처음에는 엄마와 떨어지는 것에 불안을 느끼고 울던 애기들도 점차 시간이 지나면서 엄마가 어딘가에 가는 것이 아니라 바로 근처에 있을 거라는 걸 인식하게 되고 안정을 찾게 되었다.

나에겐 이 시간들이 너무나 소중하고 유익했다.

아기들을 키우며 궁금한 부분들을 질문 받기도 하고 프린트물을 준비해서 나눠주시며 좋은 육아정보들을 가르쳐 주시기도 했다.

그 중 아주 유익하게 다가왔던 교육방법의 하나가 이 부분이었다.

유아 때부터 부모가 선택하지 않고 아이에게 선택권을 주는 것이다. 아주 어린 아기 때에는 엄마가 입혀 주는 데로 옷을 입지만 말을 하기 시작하고 자아가 생기기 시작하면서 때를 쓰고 고집을 부리는 나이가 자연스럽게 다가온다. 그때 엄마들이 하는 많은 실수들이 아이의 발달 과정 그대로를 보지 못하고 무조건 엄마 말을 듣도록 강요하거나 아이의 욕구와 선택을 억누르게 되는 것이다. 이런 작은 부분들의 유아기 교육 하나하나가 성인이 된 후에도 어떤 영향을 끼치는지 가르쳐 주셨다. 예를 들어 바쁜 아침에 옷을 입고 유치원을 가야 한다. 그런데 아이가 갑자기 원피스를 꺼내 이걸 입고 싶다고 때를 쓴다. 계절은 하필 겨울이었고 이 원피스는 오늘 날씨에는 너무 얇아서 엄마가 생각하기엔 분명히 입고 나가면 감기에 걸릴 것 같다.

'어떻게 할까.'

이때 많은 부모님들이 하는 실수가 지금은 겨울이니 추워서 못 입는다는 식으로 논리적으로 설명을 하게 되고 애기는 당연히 그 상황을 객관적으로 받아들이고 이해할 수가 없다. 시간은 바쁜데 고집을 부리면 엄마도 화를 내 버리게 되고. 아침부터 실랑이를 하다 보면 서로 지치고 아이도 엄마도 기분 좋은 아침을 시작할 수 없게 된다.

이때 PIP 모임에서 배운 내용은 아주 간단했다.

그냥 옷을 고를 시간이 되면 아이에게 무조건 선택권을 주라는 것이다. 다만 많은 옷 중 "무슨 옷을 입을래?"가 아닌 입어도 되는 두세 가지 옷을 펼쳐두고 "오늘은 무엇을 입을래?"라는 선택권을 주라는 것이다. 이건 옷뿐이 아니다. 많은 부분에서 아이들에게 선택권을 주고 그 선택의 뿌듯함과 결과를 본인이 느끼면서 배우게 하라는 부분이었다. 의외로 많은 엄마와 아빠들이 만 세 살 이전의 애기들에겐 선택권을 주지 않고 부모님 기준에서 좋은 것들을 부모님의 선택만으로 결정하게 된다.

영국에서 내가 배운 육아 교육의 가장 중요한 점은 말도 잘 못하는 아주 어린 아기 때부터 아이에게 설명하고 선택하도록 하고 그 선택에 스스로 느끼는 감정을 아이에게 심어주고 책임감과 배움을 주는 부분이었다.

물론 지금 아이들을 거의 다 키운 시점에서 생각해 보면 아주 당연한 부분이었는데 그때는 나도 아이를 키우는 게 처음인지라 모든 부분이 힘들고 두렵고 어색했을 때 이 당연한 부분이 큰 가르침이 된 거 같다.

그 마음가짐을 시작으로 지금까지 아이들에게 웬만한 건 본인이 알아서 스스로 하는 것을 당연시했고 거기에 따라 아이들도 더 독립심과 자립심이 생기고 옳고 그름을 스스로 판단하게 되는 힘이 생긴 것 같다.

"모든 걸

부모가 아이를 대신해서

다 해주는 것이

아이에 대한 헌신적인 사랑이 아니라

아이를 망칠 수도 있다는 걸

꼭 기억하라는 말씀이

지금까지도 큰 가르침이 되고 있다."

아이들의 취침시간

"아이들의 취침시간은 언제가 좋을까"

아이들을 키울 때 한국과 참 다르구나 느꼈던 점은 바로 취침시간이다. 영국 비비씨 방송(BBC)에서는 6시 45분부터 굿 나이트 송(good night song)이 나오기 시작했다. 티브이에서는 파자마를 입은 아이들이 즐겁게 세수를 하고 이를 닦으며 잘 준비를 한다. 저녁을 먹고 그 시간이 되면 울 아이도 똑같이 그 노래를 부르며 따라서 잘 준비를 했다. 그리고 실제로 영국 아이들은 적어도 초등학교 저학년까지는 8시 이전에는 침대로 들어가는 게 보통이다. 나도 영국에서 아이들을 출산해 키우면서 자연스럽게 저녁 7시부터 아이를 준비시키기 시작하고 저녁 8시가 되면 잠을 들게 하였다.

그게 아주 당연한 듯 매일 루틴을 만들어 가다가 그 모든 루틴이 깨어지는 때가 있다. 바로 한국에 몇 달 동안 아이들과 방문을 할 때이다.

남편이랑 한국을 갔을 때 처음에 가장 놀란 부분이 밤 10시가 넘은 시간 마트에 장을 보러 갔을 때이다. 많은 아이들이 엄마 아빠를 따라 그 시간에 자지 않고 같이 온다는 점이었다. 영국에서는 도저히 상상을 할 수 없는 부분이다. 밤 10시, 11시가 되어도 잠이 들지 않는 아이들을 보면서 "아이들을 왜 이렇게 늦게까지 재우지 않지?" 하고 아주 많이 의아해했다. 하지만 그 분위기라는 게 참 중요한 것이 희한하게 한국만 가면 우리 아이들도 밤 10시가 넘어도 잘 생각을 안 하게 되고 나도 그다지 영국에서처럼 열심히 재우지 않게 되는 점이었다.

아이가 어릴 때 나오던 티브이 광고 중 한 장면이 인상 깊게 남아 있다. 아빠는 KFC에서 치킨을 시켜 오시고 엄마는 그 동안 아이들을 재우고 있다. 남편이 치킨을 곧 들고 올 생각에 엄마는 큰 아이 방에 가서 재빨리 책을 읽어주고 굿 나이트 키스를 해 준 뒤, 작은 아이 방에 가서 책을 읽어주는데 재빨리 한 구절만 읽어주자 아이는 조금 얼떨떨한 표정을 하지만 엄마는 굿 나이트 키스를 후다닥 해 주고 방을 나온다.

조금 우스꽝스럽고 웃픈 장면이었지만 영국 가족의 삶을 잘 보여주는 광고였다. 그리고 그 두 부부가 아래층 거실에 앉아 치킨을 먹던 그 표정.. 티브이 광고이지만 세상 행복해 보일 수가 없다. 가장 행복한 표정을 지으며 치킨을 한 입 입에 문다. 보기만 해도 왠지 흐뭇해지는 장면이었다. 열심히 일한 아빠, 하루 종일 열심히 아이

들을 돌 본 엄마에게 가장 행복하고 맛있는 순간임을 보는 이들이
다 느꼈을 것이다. 아이들이 자는 시간만 되면 나온 그때의 KFC
치킨 광고는 가장 맛있는 치킨을 가장 행복만 시간에 서로에게 보
상해 주는 모습을 잘 어필해서 보는 이들까지 미소를 짓게 해 주었
던 것 같다.

아이들의 규칙적인 취침시간, 그것도 저녁 8시 전이 아니면 늦어
도 9시 전에는 재우는 것, 이건 영국뿐만 아니라 대부분의 서양 국
가에서는 중요시 여기는 부분인 것 같다.

가장 중요한 부분은 아이들의 성장과 건강이다. 아이들은 잠을 잘
때 성장을 하고 충분한 수면 시간을 통해 건강해진다.

그리고 그 다음은 부모를 위해서이다.

엄마도 사람인지라 하루 종일 일과 육아 집안일에 치이고 나면 쉬
는 시간이 필요하다. 어른들도 충전을 시킬 시간과 에너지가 필요
한 것이다. 아이와 같이 늦게까지 깨어 있다가 엄마가 자는 시간에
같이 방에서 잠이 들면 엄마에게는 엄마 만의 혹의 아빠만의 시간
이 없어진다. 그리고 부부만의 쉬는 시간도 없어진다. 적어도 취침
시간 전 두어 시간은 아이들이 없는 본인들만의 시간을 가지며 다
시 에너지를 재충전하고 하루를 마무리하고 내일을 또 계획하는 시
간들이 필요하다.

한국 방송에서 보면 가장 안타까운 점이 있다. 엄마는 하루 종일
육아에 치여 지쳐있고, 아빠는 퇴근하면 그 피곤한 몸으로 하루 종

일 육아에 지친 아내를 위해 육아를 도와준다. 그리고 밤늦게 아이를 재우면서 피곤한 엄마는 아이와 함께 잠을 자게 되고, 아빠는 혼자 하루를 마무리하고 일찍 출근을 해야 하니 다른 방에서 잠을 잔다.

아이가 너무 어릴 때는 잠에서 자꾸 깨니까 내일 일해야 하는 남편을 배려해서 육아를 맡은 아내가 아이와 자는 것이 자연스러워지는 부분들을 보면서 너무 안타까웠다.

서양에서는 애기 때부터 아이를 따로 재우는 훈련을 아주 중요시하게 여기고 배우게 한다. 그리고 애기들의 자는 시간을 철저하게 지키게 하고 밤에는 부부만의 시간을 함께 가지고 일상을 나누면서 같이 쉰다.

아이들을 정해진 시간에 빨리 재우자.
그러면 육아를 하면서도
훨씬 덜 지치게 될 것이며
적어도 몇 년 동안 계속 이어지는
마라톤과 같은 육아 속에서
훨씬 여유로움을 가지게 될 것이며
육아도 훨씬 더 잘하게 될 것이다.

어릴 적 선택의 존중이 마냥 좋을까-1-

답은 "YES!" 그렇다.

아이들에게 어릴 때부터 아이의 의견을 존중하고 아이에게 선택권을 주는 건 너무나도 중요하다. 아이들에게 선택권을 주는 것은 아이들 스스로 하는 일에 대해 어떤 힘과 통제력을 가지고 있다고 느끼도록 도와주며, 스스로 바른 성장을 하도록 하는 중요한 단계이다. 하지만 그 선택과 선택에 대한 무조건적인 존중에서 주어지는 부정적인 면도 없지 않다.

앞에서 언급했듯이 자아가 생긴 아기한테 무슨 옷을 입을지 선택권을 준다 던지 본인이 무엇을 원하는지 스스로 생각하고 그 선택을 존중해 줌으로써 엄마의 사랑과 안정감 속에서 아이에게 독립심을 심어주는 부분은 너무나 좋은 교육이다. 그런데 개인적으로 영국의 아이들과 어른들을 보면서 어쩌면 너무 어릴 때부터 그 선택에 무조건 존중과 인정을 해 버린 나머지 조금 아쉬운 점이 없지는 않다.

예를 들어, 초등학생 때 아이들의 친구들을 집으로 초대하면 가장 신경 쓰이는 부분들은 아이들을 먹일 음식이었다. 아이들의 친구들을 보면 못 먹는 음식들이 너무나도 많고 또 편식도 심했다. 야채와 고기를 같이 내어 놓는 건 상상을 못 했고 보통은 치킨 너겟이나 칵테일 소시지, 감자튀김 정도 외엔 맛있는 음식을 해 놓아도 손도 안 되는 경우가 대부분이었다. 피자를 시켜줘도 야채가 조금이라도 들어가면 안 먹는 친구들이 많아서 보통은 대부분의 아이들이 먹을 수 있도록 치즈만 토핑이 된 피자를 시켜주어야만 했다.

영국에서 태어났음에도 불구하고 영국 친구들에 비해 어릴 때부터 우리 아이들은 거의 모든 음식을 가리지 않고 먹는 편이었는데 그 부분에서는 분명 어느 정도 부모의 수고와 노력이 따랐던 것 같다. 예를 들어 아이가 당근을 싫어하면 그 당시에는 그 씹는 느낌과 텁텁함, 향이 싫을 수도 있다. 그러면 '그래 넌 당근을 싫어하는 아이구나' 하고 안 주는 것이 아니라 다음에는 요리의 방식을 다르게 해 주고 의견을 묻곤 했었다. 물론 너무 먹기 싫어하는 당근을 억지로 강요하고 먹이지는 않았다. 하지만 그 당근이 볶음밥에 들어갔을 때, 김밥 속에 들어갔을 때, 그리고 계란 말이 속에 들어갔을 때 그 식감과 향 그리고 맛이 다 다름을 경험시켜주곤 했다.

이러한 부모의 어느 정도 노력으로 인해 아이는 무조건 "당근이 싫어"가 아니라 "싫어하는 재료도 또 이렇게 먹으니 괜찮구나" 하고 받아들일 수 있는 이해력이 생기는 것 같았다.

하지만 내가 본 서양 엄마들은 아이가 당근을 싫어하면 그 자체로 그 의견을 존중을 하고 이해를 해 주는 경우가 많았다. 그렇게 되면 그 아이는 어른이 되어서도 본인은 당근을 못 먹는 사람으로 스스로 인식되어 버리는 경우가 생기게 된다.

영국의 에피소드를 다룬 책 -해가 지지 않는 나라- 에서 예를 들었던 이야기이다. 단골 가게에서 20년간 당근을 빼고 요리를 주문한 손님이 하루는 그 레스토랑 직원의 실수로 당근을 빼라는 오더를 잊고 그대로 주문했을 때 실제로 그 손님의 반응이 의외였다. 그 손님이 태어나서 40년 만에 처음으로 당근을 먹으면서 너무 맛있었다는 것이다. 그리고 다음부터 본인은 당근을 아주 좋아하게 되었다고 한다. 어릴 때부터 당근을 싫어하는 아이로 자라 버리자 자라면서 자연스레 당근을 못 먹는 어른이 되어 버린 것이다. 물론 당근이라는 하나의 재료로 예를 들어 모든 부분을 설명하기에는 무리이다.

하지만 서양과 동양의 요리 방법의 차이는 분명히 있다. 예를 들어 서양에서는 당근이라는 재료를 떠 올리면 그 자체를 잘라 스낵처럼 생으로 먹거나 아니면 당근을 쪄서 고기와 함께 사이드로 내는 정도로 생각되는 재료로 요리에 다양성을 주지 않는 부분도 있다. 물론 당근이 들어간 다양한 음식이 서양에도 많지만 집에서 쉽게 해 먹는 요리의 종류와 방법이 볶고 찌고 무치고 굽고 부치고 갈고 하는 동양과 재료 본연의 맛을 중시하는 서양의 요리와는 어느 정도 차이 나는 점도 이해를 해야 하는 부분인 것 같다. 물론 서양 부모님들 중에서도 아이가 편식을 가지지 않게 하기 위해 많이 노력하는 부모님들도 있다. 이 부분은 나의 개인적인 경험과 생각이라는 부분을 감안해 주었음 한다.

영국에서 레스토랑을 가면 항상 kids menu가 따로 있다. 물론 아이들이 먹기 좋은 사이즈와 요리 방식으로 아이들에게 맞는 portion을 좀 더 저렴한 가격으로 내어 놓는 건 레스토랑 측에서도 부모나 아이의 입장에서도 좋은 부분이다. 하지만 이 부분은 내가 잘 이해가 안 가는 부분이다.

예를 들어, 정말 맛있는 이태리 레스토랑을 가도 중국 레스토랑을 가도 결혼식 피로연에 초대를 받았을 때도 kids menu는 항상 똑같다는 점이다. 보통 빠지지 않는 공통된 메뉴는 소시지, 치킨 너겟, 피쉬 핑거와 사이드로 감자튀김, 그리고 종종 토마토 스파게티나 토마토 소스나 치즈만 토핑 된 피자 한 조각이다. 그리고 아이들에게 시켜주는 드링크도 그 가게에서 특별히 만드는 드링크가 아니라 어느 슈퍼에서도 그대로 살 수 있는 먹기 좋은 쥬스를 어느 가게에든 아이들을 위해 진열해 두고 있다. 이 메뉴 구성이 잘못되었다는 것이 아니라 그 레스토랑에서만 내어 놓는 재료로 아이들 메뉴를 만드는 것이 아니라 집에서도 항상 해 주는 야채 없는 조리된 냉동 제품을 사용한다는 것이다. 우리도 레스토랑을 운영한 적이 있지만 우리 레스토랑에서만 만드는 맛있는 온갖 요리를 두고 어린이 메뉴의 재료는 어쩔 수 없이 슈퍼에서 파는 냉동 조리된 제품을 사용할 수밖에 없었다. 그리고 정말 이해가 가지 않았다. 어른들이 먹는 그 맛있는 메뉴들을 왜 아이들이랑 셰어 하지 않을까. 아니, 먹이려고 노력도 하지 않을까.

한편, 영국에서는 아이들이 채소를 너무 안 먹는다고 그 심각성을 BBC방송으로 까지 다루는 부분들이 있는 점을 보면 확실히 문제가 있는 것 같다. 그 문제의 시작은 아이가 너무 어릴 때부터 음식의 재료에 대해 좋아하고 싫어함을 너무나도 그대로 존중과 인정을 해 주는 부분들에서 시작되는 것 같다. 아이들의 말을 들으면 학교 점심시간에 중고등 학생들인데도 식당에서 음식을 고를 때 야채를 먹는 아이들은 거의 없다고 한다. 그 부분은 내가 영국에서 학교를 다닐 때도 그랬다. 성인인데도 불구하고 편식이 너무나도 심한 여러 친구들을 보며 의아하게 느꼈었다.

"아이들의 건강과 관련된 부분들은 그 선택에 대한 존중만 하는 것이 아니라 불필요한 선입관이 정착되기 전에 다양성과 경험을 아이에게 주는 것도 부모로서의 중요한 역할인 것 같다."

어릴 적 선택의 존중이 마냥 좋을까 -2-

"그렇다."

부모들은 그들의 아이를 존중해야 한다.

왜냐하면 부모의 올바른 존중으로

아이가 그들 자신을 존중하는 법을

배울 것이기 때문이다.

특히 부모는 아이에게 현재와 나중에 하는

모든 일에 있어 가장 중요한 존재이며

첫 번째 역할 모델이다.

아이와 부모와의 관계는

아이의 발달에 지대한 영향을 미친다.

그렇다면

어릴 적 선택의 존중은 어디까지가 중요할까.

그리고 어리다는 기준은 무엇일까.

아이들에게 선택권을 줌으로써 아이들은 스스로 하는 일에 대해 어느 정도의 힘과 통제력을 가지고 있다고 느끼게 된다. 그리고 그것은 성장을 위한 첫 단계이다.

어릴 때를 회상하면 다들 이불 킥을 하고 싶어지는 기억과 사건들이 하나 즈음은 있을 것이다. 그때는 완벽한 어른이었다고 생각했고 나의 생각도 확고했지만 지나고 나면 너무나도 유치했었고 감정적으로만 선택을 했던 부분에 부끄러웠던 기억도 있을 것이다.

난 적어도 아이가 성인이 되기 전까지 어느 정도 부모의 개입은 필요하다고 본다. 특히 그 부분이 아이의 미래 발전에 직접적으로 관련이 되어 있고 적어도 아이를 위해 교육적인 부분이라면 말이다.

아이의 감정과 의견을 최대한 존중은 하되 쉽게 포기하지 않도록 격려하고 또 다른 방향으로 생각을 전환시켜주며 주어진 일에 우선 최선을 다해 보는 노력을 가르쳐야 하는 부분은 정말 중요하다고 본다. 당연히 모든 영국인이 그렇지 않겠지만 대체적으로 아시아 부모님들 보다는 서양 부모님들이 확실히 어릴 때부터 아이들의 의견을 굉장히 존중해 준다. 자신의 의견을 어릴 때부터 인정받고 거기에 따른 책임까지 가지게 하는 교육의 장점은 단점보다 당연히 많다. 무엇보다 아이는 자존감이 높은 아이로 자랄 수 있게 되고 또한 자기 의견을 항상 떳떳하게 확실히 말하게 되며 어디서든 자신이 원하는 부분을 당당하게 요구하고 말할 줄 아는 똑 부러지는 느낌을 주는 아이로 성장한다.

그런데 내가 느끼기엔 장점만 있는 건 아니다. 이건 뭔가 아닌 것 같은데 너무나도 쓸데없는 자신감이 넘친다. 사회생활을 하다 보면 성인이 되어서 어떤 일을 처리할 때도 딱히 처리할 능력이 없는데도 본인 스스로는 아주 자신만만해하고 쓸데없이 엄청 당당해한다.

요즘 아이들의 학교에서는 쉽지 않게 게이 친구들을 볼 수 있다. 왠지 요즘은 더 많이 늘어난 것 같다. 물론 선천적으로 그렇게 태어난 아이도 있겠지만 또 어릴 때 많은 친구들이 자신이 남들과 다른 부분을 cool 혹은 멋있다고 생각하며 때로는 본인의 성 정체성에 대해 잘못 생각하는 경우도 종종 있는 것 같다.

이때 부모님께서 조금은 다른 방식으로 이끌어 주거나 격려를 했더라면 다른 방향으로 갈 수도 있었는데 너무나도 존중을 한 나머지 초등학생인데도 본인은 원래 게이라 생각하며 그렇게 행동하고 다니는 친구들도 있다. 물론 선천적인 경우도 당연히 있겠지만 문제는 아닌 경우도 있다는 것이다. 그래서 어릴 때는 자신이 게이인 줄 알았다가 성인이 되고 난 후 여러 이성들을 만나면서 아니었다고 깨닫게 되는 경우도 종종 보았다.

교육적인 부분에 있어서도 마찬가지이다.

조금만 부모가 격려를 하면 될 것을 아이가 중학교를 마치고 학교를 더 이상 다니지 않고 관둔다고 해도(영국은 GCSE 중등 과정까지 의무교육이다) 그대로 존중을 해 주는 것 같다. 아이의 친구 중에서도 너무나도 공부도 잘하고 매사에 똑똑한 친구가 있었는데 본인은 중학교만 졸업하면 테이크 아웃이나 레스토랑에서 일하고 싶어서 고등학교 진학은 딱히 필요성이 못 느낀다고 생각하는 친구가 있었다. 단지 그 이유 때문에 정말 그 친구는 중학교까지 과정을 마친 후 고등학교는 진학을 하지 않았다.

물론 모든 학생들이 고등학교 대학교를 나와야 한다는 것은 아니다. 대학은 정말 공부를 하고 싶은 학생들만 가면 되는 곳이 맞다. 특히 영국은 대학교 진학률이 한국보다 꽤 낮은 편인데 그 이유는 대학을 꼭 나와야 한다는 사회적 인식도 없을뿐더러 본인이 잘하는 한 가지 기술만으로도 대학 나온 것 못지않게 더 잘 살 수 방향이 많기 때문이다.

하지만 학교를 그만두고 나서 본인이 원하는 확실한 꿈이나 목표가 있어서가 아닌 단지 일을 하고 싶다는 이유라면 부모가 조금만 다른 제안과 선택을 주고 이끌어 주는 게 맞지 않을까.

왜냐하면 미래에 분명히 후회를 할 수도 있기 때문이다.

둘째 딸아이는 오빠만큼은 피아노를 좋아하지 않는다. 아니 본인은 실력이 없다고만 생각한다. 그 이유는 둘째로써 첫째와 비교되는 부담감 같았다.

첫째 아들은 피아노를 잘 쳐서 학교 대표로 런던에 있는 장학재단에서 장학생으로 뽑혀 무대에도 자주 오르고 피아노를 치면서 여러 활동을 하고 있었다. 공부도 음악도 잘했던 탓에 학교에서는 오빠

의 존재를 모르는 선생님이나 학생들이 없었다. 내가 보기엔 둘째
도 오빠만큼은 아니지만 어느 정도 실력이나 끼? 가 있다고 생각하
는데 아이의 생각은 달랐다. 공부와 음악, 모든 면에서 한 학교에
다니는 오빠라는 존재와 비교가 되고 친구들이나 선생님들이 동생
이니 당연히 잘할 거라는 부담이 차라리 본인에게는 자신감을 떨어
뜨리게 되고 피아노라는 것 자체가 싫어지게 되어 버리는 이유가
된 것 같았다.

피아노 장학재단은 당연히 동생인 둘째 딸에게도 관심을 가지고
기회를 주었고 결과적으로 선발이 되었다. 본인은 당연히 떨어져야
하고 더 실력 있는 다른 친구들한테 기회가 가길 바랬는데 자신이
오빠의 동생이라는 이유만으로 붙었다고 생각하면서 너무나 부담
스러워했다. 그 부담은 점점 심해졌고 심지어 학교 시험기간에도
피아노 생각을 하면서 울기 시작했다. 자신은 정말 피아노에 재능
이 없다고, 실력이 없으면 절대 안 뽑았을 거라고 얘기를 해 줘도
그냥 오빠 동생이라 붙었다고, 피아노 자체가 너무 싫어졌다고...

정말 어려웠다.

이런 기회는 쉽게 오는 것도 아니고 고등학교 때 이런 기회가 대
학 갈 때 좋은 경력으로도 작용하기 때문에 많은 친구들이 되고 싶
어 하는데 안타까웠다. 사실 엄마로서 너무 놓치기 싫고 욕심이 나
면서 어떻게든 몰아붙이고 싶었지만 한편 아이가 이렇게 힘들어하
는데 피아노는 정말 본인의 의지와 재능이 있어야 한다고 생각을

하며 아이의 의견을 존중해 주기로 했다. 그리고 장학재단에 포기하겠다는 메시지를 정중하게 보내기로 했다.

메시지를 하기 전 온 가족이 함께 모였다.

그리고 오빠가 한 마디를 한다.

"00야, 오빠도 네 나이 때 피아노를 잘 치지 못했어. 나도 사실 절대 음감을 가진 것도 아니고 다른 아이들보다 특별히 잘 난 점도 없어. 처음엔 한 곡을 다 치는데 사실 3개월이 걸렸어. 그런데 매일 치니까 다음 곡은 2개월이 걸리고 다음 곡은 한 달이 걸리더라. 지금은 피아노 자체가 오빠의 취미가 되어 버렸고 오빠는 컴퓨터 공학과를 선택했지만 피아노는 오빠가 힘들고 지칠 때 힐링이 되어주는 아주 중요한 내 인생의 한 부분이 되었어. 포기는 언제든지 할 수 있어. 일주일 후에도 한 달 후에도 일 년 후에도 할 수 있어. 대신 지금 포기하면 다시는 되돌릴 수는 없어. 그런데 정말 네가 연습을 매일 최선을 다 해 본 적은 있니? 지금 시작도 하지 않고 그만둔다면 2년이나 3년 후에 분명히 후회할 수도 있어. 나도 네 나이 때 옳다고 생각했던 부분이 완벽하지 않더라. 하지만 네가 최선을 다해 보고 그 다음에 포기한다면 후회는 없을 거야. 이렇게 하자.. 선생님이 시작하자고 한 곡 있잖아. 그 곡만 네가 매일 학교 다녀와서 30분씩만 연습해. 그러고 나서 이 곡을 완벽하게 칠 수 있으면 그 때 포기하는 게 어떨까."

둘째 딸은 오빠 말을 들으면서 울면서도 어느 정도 수긍하는 듯했고 '그래 까짓 거 이 곡만 해 보고 포기하자'는 식으로 결론을 내었다.

그날 저녁, 둘째 딸과 동네 산책을 하면서 얘기를 나누었다.

" 엄마가 미안해, 엄마한테 서운했지? 네가 그렇게 스트레스 받아하고 엄마한테 도움을 요청했는데 딱히 해결을 해 주지 못했네... "

그러자 딸아이가 말한다.

"괜찮아, 엄마. 만약 엄마랑 오빠가 무조건 화내면서 피아노 계속하라면 나 정말 힘들었을 거야. 그런데 그 이유를 설명해주고 우선 최선을 다 해 보고 포기하자는 말은 나도 동감이야. 사실 몇 년 후 내가 정말 후회하지 않을까... 후회 안 한다는 자신감은 없거든."

부모라는 역할은 정말 힘든 것 같다.

하지만 분명한 건,

아이의 입장에서 아이의 마음에서 함께 들어주고 공감해 주고 함께 걸어가면서 아이의 의견도 존중해 주면서 또한 바른 길 더 나은 길로 걸어 나갈 수 있도록 지도도 해 주어야 한다.

그리고 그 부분은 아이들마다, 심지어 같은 형제자매라도 각각 다른 성향과 성격을 타고 태어나기 때문에 현명한 부모는 아이에게 맞게 잘 맞추고 이끌어 주어야 하는 것 같다.

"아이의 선택,

어디까지 존중해 주어야 할까."

가장 어렵기는 하다.

과도한 칭찬은 아이를 망친다

"칭찬은 고래를 춤추게 한다?"

책으로도 나온 이 말로 한 때 한국에서도 열풍이 불었던 때가 생각난다. 회사에서는 1일 한 가지 칭찬 운동으로 밑도 끝도 없이? 서로에게 칭찬을 해 주어야 했고 그걸 기록으로까지 남기기도 했다. 그리고 가정에서는 엄격한 아빠와 자애로운 엄마는 사라지고 '천재 우리 아들 딸, 무조건 우리 아들 최고! 뭘 해도 우리 딸 최고!' 라는 딸 바보 아들 바보가 된 엄마와 아빠의 칭찬이 온 집안을 가득 채우게 되었다. 칭찬은 아이의 긍정성과 아이의 자존감을 높여주는데 아주 중요하다.

하지만,

이러한 칭찬이 다 장점만을 가지고 있을까?

잘못된 칭찬은 어떠한 결과를 가져올까?

내가 어릴 적 초등학교 때만 해도 지금의 분위기와는 사뭇 달랐다. 한국의 몇몇 선생님들께서는 아이들의 인격보다는 권위만을 앞세워 제대로 된 교육적인 체벌이 아니라 화풀이로 아이들(특히 남자아이들)을 막 대했던 안 좋은 기억들이 있다. 요즘 한국에서는 상상도 못 할 일일 것이다.

하지만 현대사회의 문제는 학교나 집에서 부모의 바로 된 권위와 교육이 점점 사라지며 아이들은 경쟁사회와 공동체 안에서 남을 위한 배려보다 자기 자신만을 가장 중시하게 되고 심지어 부모의 잘못된 칭찬과 과도한 칭찬으로 잘못된 인격체를 가진 문제아? 가 되는 경우가 많다는 것이다.

그 한 가지 예로 '나르시시스트(Narcissism)'이다.

나르시시스트를 보통 자기애가 강한 사람 정도로 알고 있지만 사실은 자기애와는 다른 자기 밖? 에 모르는 사람들이다.

나르시시스트들의 가장 큰 문제점은 죄의식과 감정이 거의 없기 때문에 자기 검증이 되지 않고 항상 본인만이 최고이며 남을 위한 배려 따위는 전혀 없다고 한다. 그래서 타인의 감정 따위는 하나도 중요하지 않고 자신과 대립하고 맞지 않는 사람은 모두 다 나쁜 사람이다.

그러면 이 나르시시스트 같은 인격체는 왜 만들어지는 것일까?

심리학자에 의하면 나르시시즘과 같은 성격장애는 사이코 패스와 같이 선천적으로 태어나는 것이 아니라 후천적인 부모의 교육과 환경에 의해서 많이 만들어진다고 한다.

거기에는 잘못된 과도한 칭찬도 그 이유가 될 수 있다고 한다.

-대놓고 무조건 칭찬을 하지 말자.

특히 아무 생각 없이 누구누구보다 이번에 이겨서 잘했다는 등의 결과만을 본 칭찬과 비교 칭찬은 아이에게 독이다.아이는 점점 좋은 결과만을 보이기 위해 실패할 것 같은 문제에는 도전도 잘 안 하게 된다. 그리고 그렇게 되면 성인이 되어도 자신이 항상 돋보이기 위해 항상 자기보다 못한 사람만 주변에 두게 된다. 그리고 때로는 부끄러움과 수치심 그리고 슬픔의 감정들까지 제대로 느낄 수 있도록 가르쳐야 한다.

즉, 나르시시스트가 되는 지름길은 바로.

잘못된 칭찬, 잘못된 비교,그리고 적절히 표현되어야 할 많은 감정들을 제대로 느끼게 하지 않고 수치심만 느끼게 했을 때 남의 것을 빼앗아야만 이기고 제대로 공감능력이 없는 자기밖에 모르는 인격장애가 된다는 것이다.

1973년부터 매년 상위의 행복지수를 자랑하고 있는 덴마크의 행복 비결은 무엇이었을까?

바로 자녀교육 방식이었다.

올바른 정서를 가진 아이들이 어른이 되어서 다시 대물림을 하게 되는 것이다. 그들의 교육방식은 아주 간단하고 의외로 쉬운 것이었다.

1. 그냥 놀게 한다(한국처럼 공부와 자기 계발이 되는 운동이나 음악이 아니라 그냥 놀게 하면서 그 안에서 스트레스, 위험한 상황과 그 대처 등을 놀면서 맘껏 스스로 깨우치고 배우게 한다)

2. 솔직하다(예를 들어 친구랑 싸워서 두려워할 때 엄마도 친구랑 싸웠을 때가 가장 슬펐다고 말해주며 누구한테든 일어날 수 일임을 인지시킨다)

3. 칭찬을 남발하지 않는 것이다!
남발을 하면 타인을 만족시키기 위해서 노력하게 된다.
그림을 엉망으로 그렸으면 무조건 칭찬을 하지 말고 무슨 생각을 하면서 그린 건지, 왜 이 색깔을 칠했는지 질문해 보자. 그리고 잘했다는 결과에 칭찬을 하지 말고 그 과정(Doing)에 칭찬을 하자.

4. 체벌이 없다
규칙을 설명하고 그 규칙을 서로 만들게 한다. 그리고 어른들은 항상 일관성 있게 행동을 하도록 한다.

이렇듯 행복하다고 아이들이 느끼고 자라면서 심성이 바르고 바른 인격체의 멋진 어른이 되게 하는 비결은 바로 부모의 말투와 교육에 있다.

"칭찬도 지혜롭게 해야 한다.
난 무조건 잘하고 남들보다 잘해야 한다는
생각을 들게 하는 느낌을 보다는
난 앞으로 더 잘할 거라는
내적인 힘을 아이에게 키워주는 것이
무엇보다 중요할 것이다."

그래, 넌 달라

  난 아이를 키울 때 가장 중요한 부분 중 하나로, 앞의 글에서 말한
모국어의 중요성 이외에도 아이들의 정체성에 대해서는 어릴 때부
터 아주 확실하게 얘기를 해 주어야 한다고 생각했다.

  특히 우리 아이들에게는 더 더욱 중요한 부분이었다.

  아이들이 자라고 학교를 다녔던 우리 동네는 백인들이 거의 대부
분이라 (지금은 유럽인들도 동양인들도 꽤 보이지만) 20년 전 내가 이
동네에 왔을 때만 해도 동양인이 거의 없었다.

  더구나 우리 가정에는 4가지 언어가 다 섞여 있었다. 한국어, 일
본어, 광둥어(홍콩어)그리고 메인이었던 영어이다.

  남편은 영국에서 태어난 홍콩계 영국인이다. 그리고 난 한국에서
태어나 대학생 때까지 주욱 한국에서 자란 한국인이다. 남편과 나
는 대학 2학년 때 일본에서 만났다. 나는 한국에서 일본으로 남편
은 영국에서 일본으로 유학을 갔고, 일본 "나고야"에 있는 한 대학
교에서 교환 장학생으로 공부를 하다가 만났다. 그러니 우리 둘 사

이에서 태어난 아이들은, 그러니까 혼혈이다. 그리고 홍콩계 영국인 아빠와 한국인 엄마 사이에서 더구나 영국이란 나라에서 태어났다. 그러니 더 더욱 우리 아이들에게는 올바른 정체성을 어릴 때부터 심어줘야 한다는 부분이 아주 중요하다고 생각했던 것 같다.

우리 가정과 같은 혼혈 가정의 아이들이거나 아니면 이민이나 유학으로 다른 나라에 정착을 한 가정의 아이들은 자라면서 자신이 주위 사람들과 다르게 생겼다고 생각하는 시기가 반드시 언젠가는 다가온다. 보통 어린 애기 때는 잘 모르다가 pre-Nersery나이(영국에서는 만 3,4세가 되면 9월 학기부터 학교를 간다)인 만 3~ 4세 정도가 되면 본인이 주위 애들과 다르게 생겼다는 것을 인식하기 시작한다는 말을 들었다.

실제로 아이가 만 4세가 된 어느 날, 학교를 마치고 픽업을 하는데 아이의 표정이 시무룩하다. 무슨 일이 있냐고 물어보니 "엄마 난 왜 애들이랑 다르게 생겼어요? 눈도 더 작고 피부 색깔도 다른 거 같아"

갑작스러운 말에 조금은 당황했지만 이런 질문을 언젠가는 하고 있으리라 예상했던 터라 난 차분하게 설명을 해 주었다.

"응 우리 00은 다르게 생겼지. 그래 넌 달라. 그런데 다른 게 더 안 좋은 건 절대로 아니란다. 다르기 때문에 더 좋은 게 많은 거야. 넌 집에서 한국말도 중국말도 쓰잖아, 그리고 물론 영어도 잘하고. 그런데 네 친구들은 영어밖에 못 하잖아. 그리고 00은 세상에서 하나밖에 없는 유일하고 소중한 아이야. 아무도 너랑 똑같은 아이는 없어. 넌 가장 소중하게 태어난 세상에서 하나뿐인 아이인 거야. 물론 친구들도 그래. 그래서 누구든 다 소중하고 특별하단다. 근데 우리 00은 친구들이랑 다르니까 더 장점이 많고 특별한 거란다"

대충 어린 나이인 아이가 이해할 수 있는 가장 단순한 언어 사용과 방식으로 얘기를 한다고 했다. 어느 정도까지 이해를 한 지는 모르겠지만 아이는 확실히 이 말에 아주 용기를 얻었다.

"맞아. 친구들은 영어만 할 줄 아는데 난 세 가지를 하네. Yeah!~"

이때부터 아이는 다시 즐겁게 학교 생활을 하기 시작했고 학교에서 하는 모든 활동에서도 적극적이게 되었다. 공부에서도 항상 으뜸이 되었으며 친구들 사이에서도 아주 인기 있고 밝은 아이가 된 것 같다.

해외에서 자라는 아이들에게 어릴 적부터 아이만의 정체성을 제대로 심어주지 않으면 사춘기가 되어서 아님 스무 살이 넘어서라도 언젠가는 찾아오는 정체성 혼란으로 아주 힘들어질 수가 있다고 들었다.

흔히 유럽이나 미국에서 태어나서 자라나는 동양인을 가리키는 은어인 "바나나"의 장점과 특권을 제대로 알고 제대로 그 장점을 발휘하도록 이끌어 주는 부분은 해외에서 자라나는 아이들에게 무엇보다 중요한 부분일 것이다.

보석 같은 내 새끼-
칭찬은 지나쳐도 상관이 없다

앞의 글 -과도한 칭찬은 아이를 망친다- 라는 글에서도 다루었듯 난 과도한 칭찬과 올바른 칭찬, 잘못된 지나친 칭찬 사이의 기준에 대한 애매모호함으로 인해 되돌아보면 서양 부모님들과 비교해서 아이들에게 칭찬을 남발하게 될까 봐 조심스러운 나머지 칭찬이 조금은 부족했지 않았을까 라는 생각이 든다.

그 말이 '칭찬에 인색하라' 는 말은 아닌데 말이다.

요즘은 다른 제목으로 프로그램을 하고 있지만 예전에 "우리 아이가 달라졌어요"라는 아이 교육 프로그램이 있었다.

정말 집에서 가정교육에 한계가 느껴져서 아니면 부모로써 도저히 아이가 왜 그러는지 문제점을 찾지 못해서 전문가를 찾게 되고 전문가와 함께 그 해답을 찾으며 교육 방식을 조금씩 바꾸며 해결점을 찾는 프로그램이다.

거의 10년 동안 방송했던 걸로 기억을 하는데 그 프로그램을 볼 때마다 아이에 대한 사랑과 바른 돌봄이 얼마나 중요한가를 매번 느꼈었다. 방송에 나오는 아이들은 정말 이유 없이 소리를 지르기도 하고 무슨 일에든지 산만하고 침착하지 못하며 참을성이 없는 아이들도 있다. 아니면 자기 형제나 자매를 괴롭히거나 폭력을 행하는 아이들도 있다.

전문가가 나와서 문제점과 해결점을 제시하기 전에는 화면 속의 별난 아이를 보면서 어떻게 아이가 저렇게 까지 행동을 하지? 나라도 정말 힘들겠다는 생각을 하게 된다. 그러다가 전문가가 나와서 우리가 보지 못하고 놓친 아이의 아주 작은 행동들을 집어 주면서 아이의 눈과 마음에서 보며 그 문제점을 제시해 줄 때는 또 다른 시각과 이해로 아이를 바라보게 된다. 그리고 조금만 다른 식으로 아이를 대하고 이해하다 보면 정말 몇 주 아님 며칠 만에 집안의 분위기가 확 달라지는 모습을 보게 된다. 지옥 같은 가족 분위기에서 웃음꽃이 피고 행복한 가정이 되기 시작한다.

그리고 정말 '우리 아이'가 달라지기 시작한다.

항상 이 프로그램을 보면서 공통적으로 나오는 아이에 대한 솔루션은 칭찬과 사랑이었다. 특히 칭찬은 아이를 변화하게 만들었다.

솔직히 아이들을 키우면서 그렇게 칭찬에 인색하다고는 생각하지 않았다. 유치원 때 아이 하교 시간에 맞추어 학교 교문 앞에서 기

다리고 있으면 아이들이 수업을 마치고 달려 나온다. 그리고 손에
는 그날 그린 그림이 한 두 장씩 들려져 있다. 그리고 '눈 코 입이
어디에 달려있는지도 헷갈리는 엉망인 그 그림'을 들고 와서 나에
게 보여주면 속으로는 '음… 엉망이지만 아직 애기니까…' 생각하
면서 나름 진심으로 멋진 엄마의 언어? 로 칭찬해 주었다.

"우와, 멋진데? 정말 잘했어",

그런데 그때 옆에 있는 영국 현지 엄마들의 칭찬 소리가 들린다.

" oh~~ my sweetheart, lovely, you are the best, smart boy,
fantastic!" 등등.

내가 알고 있는 칭찬의 표현들을 아마 다 쏟아 놓았을 거다. 그것
도 입만 아니라 손짓을 다 해 가면서. 그림만 딱 보면 사람인지 귀
신인지 선인지 점인지 모를 정도로 우리 아이보다 훨씬 못 했건만.

뭐, 나의 품위 있는 한국어 표현? 과 달리 큰 제스처까지 하는 영
어 표현의 차이겠지 뭐, 나름 위안과 변명을 하면서 뒤돌아 서는데
뭔가 울 아이한테 한 제스처와 칭찬이 옆에 있는 영국 엄마의 제스
처와 칭찬 말보다는 뭔가 약했다는 기분에 괜히 찜찜하기만 하다.
그렇게 시간이 가다 보니 그 찜찜함은 나 혼자만의 착각이 아니었
다.

얼마 전 아이가 자라서 고등학교 입학시험을 치렀다. GCSE 시험
이라고, 영국에서는 꽤 중요한 시험으로 대학을 갈 때도 직업을 구

할 때도 따라다닐 정도이다. 감사하게도 학교에서 상위권을 유지해 주었던 아이들이라 그럭저럭 좋은 성적을 받았었다. 내 기대감이 컸던지 당연하다 생각했었던지 난 적당한 칭찬을 했던 것 같은데 아이는 서운했던지.

하루는 아이가 학교를 다녀와서 이런 말을 한다.

자기 반에 어떤 아이는 B 네 과목을 받고, A 두 과목, 그리고 나머지 두 과목은 C를 받았는데 너무 잘했고 수고했다고 집에서 파티를 열어줬다고 한다. (참고로 B는 거의 평균, C는 그 시험을 통과한 정도이다)

속으로 난, '뭐야, 그래도 최소 거의 다 A는 다 받아야 축하파티를 열지 않나.. 음…'

한국 부모들과 영국 부모들의 칭찬의 기준은 다르다.

한국 부모들의 칭찬의 기준은 내 아이가 남보다 잘했다는 것이다. 보통 남보다 훨씬 잘해야 정말 잘한 거다. 남들이 다 맞아오는 평균 점수는 딱히 '대박'이라며 유난을 떨며 칭찬을 하기엔 뭔가 지나친 감이 없지 않다. 그래도 나름 아이의 자존감과 자신감을 떨어뜨리기는 싫고 칭찬이 아이들한테 좋다고 알고 있는 그나마 의식 있는 부모 정도가 되면 적당한 선에서 칭찬을 한다. " 오~ 수고했어!" 하지만 맘 속 한 가득 '좀 더 잘하지'란 말을 내뱉기 직전일 것이다.

그런데 서양 부모들은 다르다.

남들을 이겨야지, 꼭 A라는 점수를 받아야 한다는 건 그다지 중요하지 않은 것 같다. 아이가 노력했고, 수고했고, 통과를 했고, 또 그 결실을 이루었다는 것에만 포커스를 둔다. 그리고 주변 친구들이나 남들의 자식들과 비교하지 않고 내 아이만 보고 진심으로 축하해 준다.

과정보다 결과, 무조건 남들과 이겨야 하고 무조건 남들보다 잘해야만 칭찬을 하게 되는 아시아 부모님들과는 확실히 큰 차이가 있는 것 같다. 이렇게 기준을 두고 보면 확실히 한국 부모(여기서는 아시아 부모라고 해 두겠다) 들은 그 기준이 다르고 칭찬에도 인색해질 수밖에 없는 것 같다.

그리고 그나마 아이들에게 칭찬을 많이 해 준다고 생각했던 나였지만 울 아이가 얼마 전 나의 이 생각을 확 깨뜨려 주었다.

며칠 전 아이가 물리 시험 점수를 받아왔다. 좋아하는 과목이라 열심히 공부도 했지만 물리 과목은 특히 학교에서 그럭저럭 했던 터라 뭐 이번에도 잘했겠지 생각을 당연히 했나 보다. 버스 정류장에서 아이를 픽업하고 운전해서 집으로 오는데 오늘 물리 점수가 나왔다고 한다. 몇 점이냐고 물으니 85점을 받았다고 했다. 난 딱히 뭐라 할지 몰라서

" 음…아… 그랬구나.."

하고 관심이 없는 듯 있는 듯 대답을 하니 아이가 다시 말을 한다.

" 엄마, 이번 물리 평균이 60점이고 나 뒤에 2등을 한 친구가 75점을 받아서 85점을 받은 나는 1등을 한 거야"

그제야, 나의 칭찬이 마구마구 입에서 나온다.

"우와, 그랬구나. 1등이라고? 정말 잘했네. 평균이 60점?? 오~~!"

그러자 아이는 피식 웃으면서 씁쓸하게 한마디 한다.

"역시, 울 엄마도 Typical 한 아시안 엄마? 야..."

여기서 -전형적인? 아시안 엄마- 라는 표현은 외국에서 태어나서 자란 전 세계에 있는 아시안계 아이들이 소통하는 그룹 중 인터넷 안에서 꽤 인기가 있는 그룹이 있다. 그 그룹명이기도 하다. 거기에서 나오는 아시안 엄마들은 대부분 이민 1세이고 아이들은 외국에서 태어난 2세의 아이들이 대부분이다. 아이를 키우면서 표현하고 행동하게 되는 말과 모습들을 외국에서 태어난 아시안계 아이들의 관점과 시각에서 보며 이해할 수 없는 엄마들의 잔소리와 에피소드들이 올라오는 커뮤니티였다. 웃긴 것도 많고 공감이 가는 엄마들의 행동들도 많았다. 내가 보기엔 아주 보통 엄마들이 아이들한테 하는 행동과 표현들인데 영국에서 자란 우리 아이들의 시선에서는 또 나와는 다른 것 같았다. 영국이라는 나라에서 교육을 받고 사고와 문화를 배우고 집에서는 또 아시아의 문화를 보고 배운터라 거기 올라오는 글들을 가끔씩 읽게 되면,

"역시 울 집이랑 비슷해. 아시안 부모님이야"

하면서 많이 웃고 재미나게 공감을 많이 하는 것 같았다.

아이는 이제 시험 점수를 말하기 전에 아예 반 평균과 등수부터
말해 준다.

과정보다 결과부터 궁금해하는 나.

아이의 노력과 수고보다 다른 친구들의 결과도 궁금한 나.

"나도 어쩔 수 없는 아시안 엄마? 인가 보다."

영국 수학 경시대회

꽃으로라도 때리지 마라

얼마 전 사춘기 두 아이들과 우연히 체벌에 대한 이야기를 나누었다.

나도 아이들을 키우면서 거의 체벌을 해 본 적은 없으나 아이들이 어릴 때 -사랑의 매-라고 적은 막대기를 만들어 두었던 기억은 난다. 성경에서도 '사랑하는 자식은 매로 다스리라'는 말도 있듯이 어느 정도의 체벌은 아이들 교육에 필요하다고 생각했었다. 그리고 정말 아이들에게 벌이 필요할 때 설명을 하고 손바닥 한 두 대 씩은 때렸었다. '아니 때렸었나? 사실 생각도 잘 안 난다. 그것도 한 두 어 번은 아마?'

사실 아이들의 사랑의 매는 실제로 사용하는 매가 아닌 어느 정도 경각심과 겁을 주는 용도로만 사용되었었던 것 같다. 아이들이 손바닥 맞았다는 기억을 못 하는 것 보니 내가 실제로 때린 적이 있는지 없는지는 나도 헷갈린다.

영국에서 아이들을 키우면서 나도 모르게 변해버린 사고 중 하나가 -체벌에 대한 생각-이다. 지금 생각하면 '아이들을 아니 인간을 어떻게 때리지? 심지어 지금 내가 키우고 있는 사랑스러운 강아지를 때린다는 것도 절대 상상도 못 하겠는데.' 그리고 체벌을 허용하지 않는 영국에서 태어나 자란 아이들도 마찬가지이다.

아이들과 체벌에 대한 얘기를 나누면서 내가 초등학교 시절 학교를 다닐 때 얘기를 해 주었다. 요즈음은 한국도 많이 달라졌지만 80년대 내가 초등학교를 다닐 때에는 정말 체벌이 많았다. 체육 선생님께서는 항상 손에 기다란 막대기를 들고 다니면서 온 학교를 누비고 다니셨고, 그 모습만으로도 아이들에게 경각심과 두려움을 주었던 것 같다. 그리고 매 학년 체벌을 하지 않는 선생님들은 없었던 것 같다. 숙제를 안 해 가거나 준비물을 안 가지고 가면 손바닥 맞는 건 일쑤였고 거기에 그다지 부당하다거나 마음속 상처가 되거나 한 기억은 없다. 그게 그 시절엔 이상한 것도 아니니까.

하지만 지금까지 내 머릿속에 남아있는 몇몇 선생님들의 잘못된 체벌에 대한 기억은 지금 생각해도 너무나 마음이 안 좋다. 내가 정말 분명하게 기억하는 충격적인 사건들이 몇몇 있다. 그 중 하나는 3학년 때 내 짝꿍이었다. 그 아이의 이름도 아직까지 선명하게 기억날 정도로 나에게는 너무 미안함과 함께 충격적인 기억으로 남아 있다.

초등학교 3학년 어느 날이었다. 어느 날 내 짝꿍 남자아이랑 작은 다툼을 하게 되었다. 그 시절엔 짝꿍과 긴 책상을 같이 사용했었는데 보통 그 중간을 칼자국 같은 걸 내어서 넘어오면 화를 내거나 넘어오는 물건은 내 꺼가 된다니 하면서 잘 티격태격 대곤 했었다. 하루는 글짓기 시간이었고 내 짝꿍이 자꾸만 나에게 장난을 쳤다. 난 글쓰기에 집중하고 있는데 자꾸만 성가시게 구는 짝꿍이 미워서 선생님께 자꾸 방해한다고 일러바쳤다. 그러면 보통 주의를 주는 정도로 마무리될 줄 알았는데 갑자기 선생님께서 그 아이를 교실 뒤쪽으로 나오라 하고 안경을 벗으라 하셨다. 그리고는 순식간에 아이의 뺨을 몇 차례나 때리셨다. 난 너무 놀랐고 아마 반 전체 분위기가 싸늘해졌다. 다시 제자리로 온 짝꿍의 얼굴은 시뻘겋게 달아올라 있었고 난 아무 말도 할 수 없었다. 일이 이렇게 까지 될 줄 몰랐고 미안해서 눈물이 나오려는 걸 겨우 참았던 기억이 난다. 난 사실 그 당시 반장이었다. 불공평, 편애, 부당함 등. 거기엔 내가 반장이었다는 부분이 아주 큰 작용을 했다는 생각이 그 어린 나이에도 들었었다.

확실히 반장이었던 나에겐 딱히 선생님께서 화를 내시지 않으셨고 그 아이는 공부도 못하고 집안 형편도 좋지 않아서 그런지 선생님께서 정말 부당하게 대하시는 것 같다는 생각이 고작 10살짜리 나에게도 느껴질 정도였다.

초등학교 때 체벌은 이렇게 몇 번의 안 좋은 기억으로 내 머릿속에 남아 있다. "매"를 훈계와 교육의 잣대로만 삼는 게 아니라 자신의 감정을 대신 힘없는 아이들에게 마구 표출해 버리는 아주 미성숙했던 교사들이 존재했었던 것 같다.

초등학교 5학년 때에는 육성회비를 가지고 오지 않았다고 아이들이 모두 다 보는 앞에서 발로 차고 뺨까지 맞았던 한 남자아이도 아직까지 충격적인 기억과 사건으로 내 머릿속에 남아있는데 지금 생각해 보면 그 아이는 부모님 없이 할머니와 함께 가난하게 살아갔던 아이였다.

지금 그 아이들은 자라서 어떻게 되었을까.

지켜보는 나에게도 너무나도 충격적으로 남아 있는데 반 전체 아이들 앞에서 부당하게 발로 차이고 뺨까지 맞은 아이들은 맘 속 상처가 트라우마로 남아서 지금의 모습에 과연 영향을 받지 않았을까. 조금이라도 그 영향이 지금까지 이어져 왔다면 그때 아이들에게 화풀이를 하고 학대를 한 선생님들은 그 모든 책임을 어떻게 지셔야 하는 걸까.

요즈음은 한국 초등학교에서 상상도 할 수 없는 일이지만 70년대 80년대는 지금과는 많이 달랐던 것 같다.

난 지혜롭게 매를 사용하고 훈계를 하는 부분에 대해서는 어느 정도는 이해하는 편이었다.

하지만 지금은 가능하면, 아니 절대 '체벌은 안 하는 게 맞다' 라는 쪽이다.

체벌을 하면 확실히 그 매가 무서워 당장은 그 행동을 안 하니 어른 입장에서는 훨씬 빠르고 쉬운 결과를 기대할 수 있다. 하지만 체벌을 하기 전에 왜 이런 상황이 왔는지 아이 스스로 잘못한 부분에 대한 생각할 시간을 주고 잘못에 대해 인정하고 다짐을 하도록 하는 부분에 있어서 딱히 체벌이 필요하지 않을 수도 있다. 그리고 어떤 경우에도 사람이 사람을 때리는 행동을 정당화시킬 수는 없다.

영국에서 아이들이 유치원에 들어가고 초등학교에 들어갔을 때 정말 놀란 부분들이 있다. 영국에서 pre-school 공교육은

만 3살이나 4살이 되면 시작을 한다. 어느 날 학교에 갈 일이 있어서 교실을 지나가는데 그 어린아이들이 있는 교실에서 선생님과 보조 선생님께서 오전에 티 타임을 하고 계셨다.

영국에서는 10시 반 정도가 되면 간식시간이나 티 타임을 가지는데 그 작은 아이들이 왔다 갔다 돌아다니는 교실 한가운데서 뜨거운 티와 비스킷을 먹고 쉬실 수 있다는 게 좀 신기했다.

'어떻게 애기들이 선생님을 방해하지 않고 질서 있게 알아서 잘 놀고 있지?'

보통 정신 없고 난리일 텐데 소리를 지르거나 하는 생님들도 전혀 없다. 선생님들이 어떻게 하시는지는 아이들한테 학교 생활 이야기나 선생님에 대한 이야기를 묻고 들어 보면 다 아는 부분이었다. 쉬

는 시간에는 모든 아이들이 다 같이 바깥에 가서 노는데 선생님은 그냥 조용히 지켜볼 뿐이시다. 그리고 시간이 되어 호루라기만 불면 아이들이 놀다가 질서 있게 줄을 서고 다 같이 들어온다. 종종 아이들 준비물이나 학교에 볼일이 있어서 가 보면 아직 애기들인데 너무 질서 있게 잘 컨트롤이 되는 부분을 보면서 너무나도 신기하게 생각되었었다.

한국에서 내가 초등학생이었을 때 말 안 듣는 아이들은 따로 처벌도 하고 또 말 안 들으면 단체로 벌도 받고 화가 나셔서 소리도 지르던 선생님들의 모습과는 너무나도 대조되었다. 난 몇 십 명이 다 함께 모이면 아이들은 어느 정도 그렇게 해야만 컨트롤이 되는 줄 알았다.

영국에서는 체벌 대신 생각하는 의자가 교실마다 있다. 초등학교 저 학년 나이 때는 친구랑 싸우거나 잘못을 해서 혼나야 할 때 생각의 의자에 앉게 한다. 나이에 맞게 어릴 때는 1분 정도에서 초등학교 저 학년에는 2분 정도였던 것 같다.

어릴 때부터 스스로 잘못을 생각하게 하고 화 나는 감정을 정할 수 있는 시간을 주고 나중에 아이가 준비가 되었을 때(그 시간이 나이에 따라 1분에서 2분) 거기에 대해 스스로 얘기하고 잘못된 행동에 대해 책임지는 법을 가르친다. 그리고 마지막에 꼭 안아주고 사랑의 표현을 한다.

또한 아이들에게 바른 칭찬과 보상 또한 아주 중요하게 생각한다. 교실 벽에는 팀 별로 스티커 보드판을 붙여두게 된다. 그리고 칭찬 스티커를 많이 사용해서 공동체 안에서 함께 잘하고 함께 책임지는 법을 가르치고 잘한 아이들을 격려하게 된다.

그러다가 초등학교 고학년이 되면 생각의 의자보다는 잘못을 하거나 규칙을 지키지 않으면 벌점을 주게 된다. 그 벌점이나 경고를 3번 정도 맞으면 이러이러했다는 편지와 함께 부모님께 사인을 받아와야 한다. 내가 교육받던 어린 시절을 생각하면 '혼나는 것도 체벌을 하는 것도 아니고 사인만 받으면 돼?' 라는 생각이 들 정도로 별것 아니게 느껴졌지만, 아이들에게는 이게 꽤나 참 힘든 벌이였다.

한 번은 초등학교 고학년 때 첫째 아이가 벌점을 세 번 맞아 엄마의 사인이 필요하다고 종이를 내미는데 엄마에게 실망을 주었다는 그 자체로 너무 미안해하고 부끄러워하길래 난 속으로 웃음이 났던 기억이 난다. 왜 벌점을 맞았냐는 질문에 점심시간에 줄을 서 있는데 뒤에 있는 친구랑 장난쳤다는 부분이 한 가지였고 나머지 두 가지는 기억이 안 난다. 어쨌든 난 부끄러워하는 아이가 너무 귀여웠는데 아이에게는 이게 아주 창피한 부분이었던 것 같다. 그리고 그 편지는 확실히 효과가 있었던 것 같다.

그러다가 중고등학교 때에는 열 번 지각을 하거나 어떤 규칙을 지키지 않으면 금요일 방과 후 도서관에서 한 시간 더 있다가 집에 가야 한다. 그리고 더 큰 잘못을 했을 때는 가장 큰 벌로 토요일 교복을 입고 한 시간 학교에 왔다가 가야 한다. 그냥 아무도 혼을 내는 선생님도 없고 그냥 도서관에 앉아만 있다가 가면 되는데 이게 또 아이들에겐 아주 싫고 큰 벌이라는 생각에 그게 뭐라고.. 약간의 이해는 되지만 나로서는 도저히 공감이 안 가는 부분이긴 하다.

아무튼 화를 내면서 혼내거나 아이들의 자존심을 깎아 내리는 체벌이 없이도 아이들이 더 잘 규칙을 지키고 컨트롤이 되는 영국 학교를 애기 때부터 대학을 가기까지 계속 보내고 교육을 시키고 아이가 자라 성인이 되어 가는 걸 지켜보면서 내가 어릴 때 자라왔던 교육 환경과 방식과는 아주 많이 다른 부분을 느끼게 되었다.

그리고 확실해졌다.

"아이들에게 체벌은 하면 안 되는 거구나.

충분히 다른 방식으로 더 잘 교육을 시킬 수 있는 거구나.

그게 또 올바른 교육자의 모습이구나"

P.S: 2021년 1월 8일 한국의 법무부는 민법 제915(1958년 제정 이후, 62년째 단 한 번도 개정되지 않으며 자녀 체벌의 근거로 오용해 왔던 법) – 친권자가 아동의 보호나 교양을 위해 필요한 징계를 할 수 있다– 라는 조항을 삭제를 했다. 개정안은 자녀에 대한 '필요한 징계' 부분을 삭제함으로써 자녀에 대한 체벌이 금지된다는 점을 명확히 하였다.

생각의 각도에 따라 달라지는
시선과 사고들

　-걸음마용 아기 띠

　외국 엄마들은 아기가 아장아장 걷기 시작하면 애기 몸에 보조 띠를 매어 준다. 유모차를 태우기도 하지만 아기가 아장아장 걷고 싶어 하는 나이가 될 때부터 예측 없이 여기저기 뛰어다니는 애기 나이까지 보조 띠는 아이의 안전을 위해 아주 중요한 소품이다. 손목에 매는 간단한 것도 있고 책가방처럼 매는 보조 띠도 있다. 큰 어른이 작은 아기 손만을 꽉 잡고 거리를 다니기에는 바깥세상은 너무 위험한데 보조 띠는 아주 안전하고 좋은 방법인 거 같았다. 요즈음은 한국에서도 많이 판매하고 있으니 아마 사용하고 계신 젊은 부모님들도 많을 것 같다.

　하지만 예전에는 인식이 많이 달랐던 것 같다.

한 번은 애기와 함께 처음 한국에 놀러 갔을 때의 이야기이다. 백화점에서 친구와 함께 만나기로 하고 외출을 했다. 그 당시 2살 반 어디로 질주를 할지 모르는 첫 애기를 데리고 외출을 해야 했기에 난 그 동안 항상 쓰던 보조 띠를 아기 몸에 채우고 애기와 함께 백화점을 누비기 시작했다. 그때만 해도 지금 보다 15년 전 즈음이니 한국에서는 아기에게 보조 띠를 채우고 다니는 모습은 거의 볼 수가 없었던 것 같다. 자꾸 힐끗힐끗 쳐다보는 시선도 느껴졌으며 어떤 분은 그 모습이 신기했던 듯 마구마구 사진을 찍는 분도 계셨다. 난 그냥 곰돌이 모양 옷을 입은 나의 애기가 너무 귀여워서 자꾸 쳐다보시고 찍으시는가 보다라는 생각만 했다. 그런데 어떻게 허락을 안 받고 사진을 찍지? 라는 생각을 하고 있는데 그때 지나가시던 할머니께서 한 마디 해 주신다.

"어머나, 애기가 곰돌이 옷도 입고 귀엽네. 얼마 전 티브이에서 '세상에 이런 일이 프로그램'에 시골 할머니께서도 애기 허리에 노끈을 매어서 데리고 다니시던데…"

"아.. 그래요?"

하는 생각과 함께 이게 욕인가 칭찬인가 생각하면서 불현듯 스치는 생각들.. 이게 지금 내 아이 모습이 노끈을 맨 아이와 비슷하다는 걸까? 그것도 애기한테 동물 옷까지 입히고…."

물론 노끈을 맨 티브이 속 아이와는 다른 느낌으로 백화점 직원 언니들은 다들 신기하고 귀엽고 예쁘다 라는 말해 주었지만 난 아기를 보호해 주는 애기 보조 끈 하나로 이렇게 집중과 관심을 받는 시선과 문화가 너무 이해가 안 되고 별나고 이상하다고 생각했던 기억이 난다. 생각해 보면 유모차에 앉아서 애기가 안전띠를 하듯 차에서 안전벨트를 하듯 아장아장 걸을 때 걸음마 보조 띠를 하는 건 다 안전을 위해 나온 보조 용품인데 사람들의 다른 인식과 익숙하지 않은 문화에 대한 부분들이 다른 나라에서는 이렇게 또 다른 시선으로 뭔가를 바라보게 만드는구나 새삼 느꼈다.

물론 난 그런 시선을 받고도 한국에서 육아를 해 본 적이 없어서 그런지 전혀 아랑곳하지 않고 항상 아기 걸음마 보조 띠를 열심히 아기에게 채우고 떳떳하게 한국 거리를 이곳 저곳 누비고 다녔다. 그 당시 지금처럼 인터넷이 발달하고 인스X나 페이스X, 유튜X 같은 쇼셜 커뮤니티가 발달을 했다면 사진 몇 장은 돌아다니고 있었을지도 모르겠다.

'동물 코스튬을 한 아기에게 끈을 매고 다니는 이상한 엄마'이라는 제목으로 꼭 학대하듯….

-문화 인식의 차이

이렇듯 어떤 부분에 대한 문화나 인식의 차이는 각 나라마다 다르다. 그리고 그건 시대와 환경에 따라서 변하기도 한다.

코로나19 팬데믹으로 마스크에 대한 인식을 봐도 그랬다. 한국이나 동양사람들에 비해 서양 사람들이 얼마나 마스크에 대한 부정적인 인식으로 마스크를 쓰기 싫어했었고 그 마스크 문화? 가 정착되기까지 몇 달이 걸렸는지 모른다. 바이러스 때문에 마스크 한 장을 쓰는 것도 그렇게 사고를 바꾸기 어려웠다는 걸.

또한 아무래도 서양 나라에 비해 한국은 높은 집단주의 문화로, 그 안(內)의 집단의식의 힘이 아주 강하다. 그래서 어떤 문화 인식이 사회에 들어와서 정착되면 나 만의 개성으로 함께 하지 않는 부분들이 너무나 힘든 것도 사실이다. 그래서 유행하는 트랜드가 패션과 음식, 심지어는 집에 들여놓는 소품이나 장식품, 허브나 식물까지도 유행을 따르니 나도 다 똑같이 함께해야만 어느 정도 그 집단주의 안에서 동질감과 안정감을 느끼는 것 같다.

또한 약자에 동정하는 여성적 문화이면서도 낯선 것을 두려워하는 불확실성 회피 성향이 강하며, 위계질서를 중요시하는 큰 권력거리를 지니고 있다. 예전의 한국에 비해서는 개인주의적이면서 권력 거리가 작은 쪽으로 이동하고 있기는 하지만, 여전히 현재 세계의 여러 나라들 중 상대적인 위치는 권력 거리가 큰 집단주의 문화에 속해 있다.

-네덜란드의 심리학자 기어트 홉스테드가 조사한 53개국을 대상으로 한 권력거리(power distance)참고-

문화 간의 차이는 앞으로 어떻게 변화할 것인가? 이에 대한 해답은 그 누구도 정확히 알 수 없다. 하지만 요즈음은 확실히 예전보다 인터넷의 발달과 함께 서로 다른 문화 간의 공유가 실시간으로 또는 대량으로 이루어지고 있기 때문에, 대체로 문화 간의 차이도 점점 줄어들고 있는 것 같다.

그러나 이 지구 상에 살고 있는 사람들의 지역적, 기후적 특성의 차이는 여전히 존재하고 있고, 나라 간의 경제적 차이와 역사적 차이도 엄연히 존재하고 있기 때문에 나와는 다른 문화에 대한 이해와 배려는 어느 정도 필요할 것이다.

나도 모르는 사이에 내가 몸을 담그고 살아가고 있는 이 사회와 문화 속에서 나도 모르게 내 사고가 편견과 좁은 시각 속에 잡혀 살아가고 있을지도 모른다. 내가 생각하고 있는 사고와 문화가 무조건 정답이 아니라 좀 더 넓은 시야와 관점에서 세상을 이해하고 바라보는 지혜가 필요할 것이다.

개인차이든 세대차이든 나라 간의 문화차이든, 서로의 차이를 이해할 때 서로 간의 소통이 더욱 의미 있게 이루어질 수 있을 것이다.

바로 이런 '차이의 이해'로 행복한 소통도 할 수 있을 것이다.

자존감과 행복 지수가 높은 영국 아이들

세계에서 가장 행복지수가 높은 나라는 어디일까 하고 찾아본 적이 다들 한 번씩은 있을 것이다.

그 중에 많이 나오는 나라들은 보통 북유럽 국가들이다. 그리고 아시아 국가들은 그 행복지수가 꽤 낮게 나온다. 그 중 한국은 풍요롭고 아주 잘 살고 있음에도 불구하고 자살률은 꽤 높고 행복지수가 꽤 낮다.

그 이유는 무엇일까?

그리고 그 행복 지수의 기준은 또 무엇일까?

한국에 한 번씩 여행을 가게 되면 의아하게 생각되어지는 부분들이 있다. 한국 사람들을 보면 대부분 잘 먹고 잘 쓰고 잘 입고 다닌다. 겉으로 상황만 보기에는 너무나도 풍족하게 잘 살고 있고 행복할 것 같은데 자신이 행복하다고 생각하는 사람은 잘 본 적이 없다. 자신의 처지에 만족을 못 하고 항상 비교하며 사회 탓이나 남 탓을 많이 하기도 했다. 그리고 난 무엇보다도 사람들이 '헬조선이니 금수저니 흙수저니'라는 말을 너무나도 아무렇지 않게 많이 쓴다는 게 이상했다.

그리고 요즘 많이 쓰는 신조어 '인싸나 아싸'라는 말도 이상했다. 이건 인터넷 발달과 함께 SNS(social network service)의 영향도 있는 것 같지만 이 말 때문에 사회의 인식까지 이상하게 흘러가 버리는 것 같았다.

인싸는 영어로 inside (안에 있다)라는 뜻이다. 그러니까 무리 중의 안에 있다는 거다.

즉, 인싸는 친구들이 많은 사람 즉, '인기쟁이'라고 볼 수 있고 아싸는 영어로 outside (밖에 있다)라는 뜻으로 흔히 '왕따', '찐따' 같은 친구가 없는 사람, 외로움을 느끼는 사람을 말한다. 인싸와 아싸는 아이들 학교를 넘어서서 직장 사회에까지 전반적으로 퍼져 있다. 솔직히 MBTI 성격 유형에서 볼 수 있듯이 인싸에 속하는 성격이 있고 성격에 따라 아싸가 편한 성격도 있기 마련인데 왠지 인간관계에서 성공자와 실패자로 나누어 버리는 듯한 뉘앙스를 풍기는 건 내가 예민한 걸까.

하지만 이 말은 콩글리시에 가까운 신조어로 실제 영국에서는 학교에서 이런 말을 쓰지 않는다.

그나마 굳이 사용하는 영어 표현으로는 Extrovert(외향적)과 Introvert(내향적)이 있을 것이다. 아무래도 Extrovert 성격은 친구들도 많고 사람들한테 인기 있는 인싸에 속하는 성격들이 많을 것이고 Introvert 성격은 혼자 있는 걸 좋아하고 친구들 그룹 안에 속해 함께 따라 하며 유행을 즐기는 부분도 별 관심이 없을 것이다. 그러니 이 두 성격이 다를 뿐이지 어느 성격이 좋고 나쁘다는 절대 아니다.

이렇듯 사람의 성향을 인싸와 아싸로 나누는 문화에서도 괜히 내가 아싸라고 생각되면 왠지 인싸가 되기 위해 노력해야 할 거 같고 행복하지 않을 것 같은 인식을 은근히 받게 되는 부분이 문제인 것 같다.

세상에서 가장 행복지수가 높다는 덴마크에서 어릴 적 이민을 가서 자라서 스위스에서 대학을 나오고 일을 하다가 30대 중반에 한국에 와서 살고 있다는 어느 교수님의 이야기가 문득 떠오른다.

행복은 결국 '기대 수준의 차이'라는 것이다.

앞의 글 '불공평한 나라 영국'에서 얘기했듯이 어떻게 보면 '흙수저, 금수저가 뿌리 깊이 자리 잡은 나라들'이 바로 북유럽 국가들이다. 그리고 한국인들이 행복지수가 높다고 부러워하는 국가들이다.

덴마크는 겉으로 봐서는 잘은 안 보이지만 사실 17세기 때 영주들이 아직까지 엘리트와 재벌로 부를 세습하고 있으며 나머지는 서민들로 남아있다. 그들은 서로를 인정하고 별로 섞이지도 않는다. 이건 영국도 마찬가지이다.

행복지수가 높은 많은 북유럽 국가들은 분수를 경계하고 지금 내가 가진 것에 만족을 하고 인생을 즐기려 한다. 수 세대에 걸친 이러한 마인드는 자연스럽게 서민들 속에 자리 잡게 되었을 것이고 그 기대 수준 또한 낮아지게 되는 것 같다. 기대를 크게 하면 막상 누리는 게 많아져도 불행하고 기대를 작게 하면 누리는 게 작아도 행복해진다.

그리고 내 환경을 남들과 잘 비교하지도 않는다. 그래서 서양인들이 대체적으로 동양인들보다 여유로운 마인드로 삶 속에서 내가 가진 것에 행복을 느끼고 삶을 만족하려는 부분들이 많은 것 같다.

영국에 살면서도 아주 비슷한 느낌을 많이 받았다.

어쨌든 이 행복도는 우리 자신을 둘러싼 외부 요인보다는 본인 내부 요인에 의해 더 결정되는 것은 확실한 것 같다. 그래서 그 비교 자체가 모든 사람들에게 '이렇다 저렇다' 라고 적용되어지는 것 자체가 불가능한 것 같다.

하지만 한국은 어떠한가?

공부는 1등을 해야 행복할 것 같고 남보다 돈도 더 많이 벌어야 하고 아파트 사이즈도 남보다 더 커야 행복하다고 생각한다.

내가 흙수저이기 때문에 난 영혼을 갈아서라도 남들보다 더 열심히 노력해야 한다고 생각한다. 하지만 그렇게 생각하고 열심히 달려오다 보면 진정한 내 행복은 다 잃어버리고 지치고 우울해진다. 한국에서 살다가 영국에 이민 온 사람들과 얘기해 보면 평생 이기기 위해 싸우고 날 채찍질만 하고 산 것만 같은 허무함이 든다고 한다.

영국의 아이들을 보면 시험 성적이 나올 때 딱히 다른 친구의 점수에 별로 신경을 안 쓰는 편이라 한다. 그리고 친구의 성적이 좋으면 진심으로 그 친구를 축하해 주는 거 같다고 아이들이 종종 얘기한다. 정말 질투 없는 진심이 느껴진다고. 한국에서의 학교 생활 경험도 있기에 두 나라 친구들에게서 느껴지는 인식 차이의 비교가 아이들에게는 아주 잘 되는 것 같았다.

이건 어른들의 인식에서부터 차이가 난다. 선생님들도 어릴 때부터 다른 친구는 신경 쓰지 말고 자신에게만 집중하라고 가르친다. 그래서 친구가 100점을 맞으면 진심으로 축하와 칭찬을 해 주고 대신 나의 점수랑 딱히 비교하지 않고 질투도 없다. 단지 내가 저번에 60이었는데 이번에 노력해서 70이 되면 부모님도 선생님도 그 노력에는 진심으로 축하해 준다. 그래서 학교에서도 본인이 목표하고 가고 싶은 만큼만 열심히 하면 다 되기 때문에 대부분의 아이들은 점수에 큰 스트레스를 받지 않는다. 단지 단점은 이겨야 한다는 욕심이 크지 않기 때문에 별로 열심히 하지 않는다는 점. 하지만 장점은 공부를 정말 좋아하는 아이들은 강요하지 않아도 정말 스스로 열심히 하게 되고 공부를 크게 좋아하지 않는 아이들은 대학에 굳이 가지도 않고 하고 싶은 일을 하게 된다는 것이다. 그래도 충분히 행복하다.

어릴 때부터 이렇게 자라기 때문에 영국의 아이들을 보면 다들 자존감도 확실히 높다. 학교에서도 가정에서도 어릴 때부터 그 아이만이 가지고 있는 장점을 칭찬해주고 이끌어 주는 걸 아주 중요하게 생각한다. 여기서 "선생님이나 부모가 아이에게 저 친구는 이렇게 잘하는데 넌 왜 이 모양이니?"라고 직접적으로 말을 안 하더라도 성적으로 비교를 하며 이런 뉘앙스로 아이에게 말을 한다는 건 정말 상상도 못 할 일이다.

그래서 질투심이 적고 자존감은 높으며 자격지심도 딱히 없다.

한국 학교에 다니다가 영국에 와서 학교를 다시 다니는 딸이 종종 말한다. 친구 관계에서 서로 자격지심이나 질투로 힘든 게 없어서 너무나 편하다고. 잘하면 똑똑한 친구라고 인정해 주고 진심으로 축하해준다고. 그리고 본인의 실력은 이 정도니 그 안에서 더 잘 할 수 있는 만큼 노력하고 본인에게 만족하고 불만도 없다고. 이렇게 친구들을 있는 그대로 서로 대할 수 있는 건 바로 아이들의 자존감이 높기 때문에 가능한 것 같다.

그러니...

진정한 행복을 느끼기 위한 그 기준은 무엇인지 진지하게 고민해 보아야 할 것이다.

"삶에 있어서 진정한 행복은
남들보다 더 잘하고 더 잘 살고
더 많이 가져야 하는 게 아니다.
행복은 결국
기대 수준의 차이이다."

아이를 멀티 언어로 키우는 방법

언어는 단지 습득이 아니다.
정체성과 문화의 이해 사회성 발달 등
많은 부분에서 중요하다.
지나쳐서 나쁜 게 없는 게 독서라고 했는가.
언어 습득 또한 지나쳐서 나쁠 게 없다.

울 집에는 일본어와 영어 그리고 한국어와 중국어, 네 가지 언어
가 존재하고 있다. 나는 모국어인 한국어와 외국어인 일본어, 영어
를 할 수가 있고, 홍콩계 영국인인 남편은 영국에서 태어났지만 부
모님의 열정으로 광둥어와 영어를 모국어처럼 완벽하게 구사해 낼
수 있다. 그리고 일본에서 유학을 하면서 어느 정도의 일본어를 구
사할 줄 안다. 일본어는 대학시절 남편과 내가 만나서 유일하게 소
통을 시작했던 서툰 언어였기 때문에 둘이서는 지금도 영어를 주된
언어로 쓰면서 일본어도 조금씩 섞으며 대화를 하고 있다. 아이들

에겐 어릴 때에는 한국어와 영어가 모국어였다. 그러다가 학교에 다니기 시작하면서 점점 영어만을 쓰게 되었지만 이제는 거의 한국어와 영어 둘 다 모국어 수준으로 구사를 할 수 있게 되었다.

울 집 환경은 어쩌다 보니 이렇게 멀티 언어가 존재하면서 또 영어권 나라에 살았기 때문에 자연스럽게 여러 언어가 아이들에게 노출이 되었었지만 많은 한국인 부모님들이 영어를 가르치고 싶어 하는 것과는 반대로 난 아이들에게 모국어인 한국말을 잘 가르치지 못해서 항상 전전긍긍했었다.

일본어, 중국어, 한국어, 영어 다 가르칠 수는 없지만 어떻게 하면 적어도 부모의 모국어인 영어와 한국어라도 완벽하게 가르칠 수 있을까. 이건 아이들과 나에게 있어서 언어에 대한 욕심이 아니라 아이들과의 올바른 소통과 관계를 위한 삶의 현실이었다.

어떻게 하면 '멀티 언어(Bilingual)'로 잘 키울 수 있을까

가장 중요한 건.

1. 모국어를 먼저 가르치는 것이다.

한국에서 영어권이 아닌 나라? 의 아내와 결혼을 하면 엄마 나라의 언어를 먼저 배우는 건 그다지 필요하지 않다고 생각하고 빨리 한국말 먼저 배우라고 종용한다. 물론 아빠의 언어가 한국말이니 모국어보다 한국말이 중요하다고 생각할 수 있다. 하지만 양쪽 부모의 언어를 먼저 똑같이 가르치는 건 어떤 언어인가와는 전혀 상관 없이 아주 아주 중요한 부분이다. 가족 간의 소통이야말로 무엇

보다 우선시되어야 하는 가장 중요한 부분이기 때문이다. 만약 엄마가 미국 사람이라면 과연 그랬을까. 마치 미국으로 이민 간 한국 1세대들이 자녀들에게 빨리 영어를 배우라며 한국말을 쓰지 못하게 했던 것과 같다.

그러나 아이의 뇌에 있는 '언어의 방'은 스펀지와 같고 늘어나도 터지지 않는 풍선과 같기에, 예를 들어 베트남어를 못 하게 한다고 그만큼 영어나 한국어의 방이 커지는 게 절대 아니다.

영국에 살고 있는 젊은 한국 부부들 중에서도 아이들이 자라면서 점점 한국말을 잃어가는 부분에 대해 전혀 안타까움이 없고 부모도 그냥 영어만 잘하면 된다는 식으로 생각하는 한국사람들이 의외로 많다. 부모는 자기 자식에게 완벽하게 구사할 수 있는 한국어를 두고 어정쩡한 외국인 억양의 영어로 아이와 대화하며 아이가 영어로 대답하는 걸 자랑스러워하는 한국인들을 보면 정말 정말 한심하다. 그러면서 아이들은 점점 자라게 되고 부모와 영어로만의 의사소통에 한계를 느끼면서 부모와 대화를 멀리하고 관계도 점점 멀어지게 되면 그때서야 땅을 치고 후회를 하게 된다.

영국에 살면서 나를 가장 화나게 하는 건 한국에 사는 지인들에게서 종종 듣는 이 말이었다.

"영국에 살면 영어만 잘하면 되지 왜 굳이 필요 없는 한국어를 가르치냐고 "

다문화 가정 아이들이 유대관계가 가장 깊은 엄마와 소통을 잘 할 수 없게 되면 '사고의 언어' 형성에 어려움을 겪게 되고 이는 다른 언어 습득에도 도움이 되지 않는다는 걸 잘 알지도 못하면서 무조건 영어만 고집하는 사람들을 정말 이해할 수가 없었다.

외국에서 살고 있는 이방인? 이라면 그 나라 현지 언어는 걱정할 필요가 없다. 학교를 다니면서 자연스럽게 충분히 잘 배우게 되니 전혀 걱정하지 않아도 되는 건 두 아이를 다 키워 본 경험으로 확실히 장담을 할 수가 있다. 단, 모국어는 다른 언어를 배우기 위한 기본 언어이다.

2. 여력이 된다면 언어를 배우게 하고 싶은 나라에서 1년이라도 함께 살아보는 것이다.

여기에서도 먼저 모국어를 가르치는 건 기본이다. 영어권에 산다고 해도 집에서 모국어를 소홀히 해서는 안 된다. '사고의 언어'가 형성되기 전 여러 언어에 일관성 없이 마구 노출되면 아이가 오히려 '모국어'를 잃어버리는 역효과까지 생길 수 있다. 모국어가 형성되지 않은 채로 살아가면 아이의 자신감과 자존감도 떨어질 수 있고 정체성에 혼란이 올 뿐만 아니라 그렇게 되면 언어뿐 아니라 사회성 발달과 교우관계까지 영향을 미친다고 생각한다. 내가 '나' 임을 나타내는 '사고의 언어인 모국어'를 모르고 자라게 되면 여러 언어를 배워도 서투른 짜깁기가 되며 그 표현력이 어린 시절에 멈추게 되어 버릴 수도 있다.

그 나라에 갔다고 집에서까지 모국어를 못 쓰게 하고 엄마 아빠까지 어설픈 발음으로 외국어를 할게 아니라 집에서는 당당하게 모국어를 쓰고(국제결혼을 한 부부라면 집에서 각자의 언어를 쓰자) 자연스럽게 학교와 친구 사이에서 그 나라 언어를 습득하게 되면 사회에서 아이는 자연스럽게 그 나라 환경에 노출이 되면서 자연스럽게 배우게 되니 걱정 안 해도 되는 것 같다. 단지 아이의 나이가 어리면 어릴수록 스트레스 없이 빨리 배우는 건 맞다. 그러니 늦어도 만 8-10 전에는 가는 게 좋을 것 같다. 보통 아이들이라면 2.5세에서 3세에 언어 습득 능력이 최고점에 달한다고 한다.

3. 하지만 모두가 해외에 나가서 살기는 쉽지 않다. 그러면 어떻게 해야 할까.

현지 나라에서 외국어에 노출시키는 환경을 최대한 잘 만들어 주는 것이다. 하지만 여기서도 우선 중요한 건 모국어이다. 어릴 때부터 영어유치원을 보내고 집에서는 외국인 돌봄 보모를 두면서 영어에 노출을 시키고 나중엔 국제학교를 보내는 가정을 보았다. 대부분의 국제학교 아이들은 이 정도는 아니지만 한국에 살고 있고 한국 부모 아래에서 자람에도 불구하고 한국어 표현 능력이 꼭 외국인 같이 어설픈 아이들을 보면서 너무나도 안타까웠다. 그런데 거

기다 문제는 한심하게도 한국어보다 영어를 더 잘하는 아이들을 보고 그걸 뿌듯해하면서 바라보는 게 또 부모들이었다. 무엇보다 사고의 언어인 모국어를 아이에게 장착시키는 건 외국어를 배우기 전에 반드시 필요한 부분일 것이다.

그렇다면 구체적으로 그 다음은 어떻게 해야 할까.

물론 언어 습득에는 나이가 중요해서 어릴 때 많은 노출을 시켜주는 것이 중요하다. 하지만 그 보다 중요한 건 시기도 중요하지만 어떻게 시키는가의 방식인 거 같다.

부모의 역할은 아이가 언어를 배우는 것을 '놀이'나 '재미'로 느끼면서 외국어에 호기심을 갖도록 유도하는 것이 중요하다. 예를 들어 아이가 스스로 영어책을 읽고 말하는 과정에서 놀이처럼 흥미와 재미를 느끼게 되면 자연스레 '언어에 대한 관심과 폭발'이 일어나게 되고 그 다음부터 아이가 보여주는 언어 습득의 힘은 정말 상상을 초월한다.

울 집에서도 엄마와는 한국어로, 아빠와는 영어로 일관성 있게 대화하며 유대관계의 언어를 형성했기 때문에 두 개의 언어 기둥이 나란히 성장할 수 있었던 것 같다. 하지만 아이들이 학교에 가게 되면서 한국말은 듣고 이해하는 정도이고 말은 영어로 하는 부분이 점점 많아졌다. 그 시기에 난 고민에 많이 빠졌다.

거기엔 부모의 조바심과 답답함으로 포기하지 않고 천천히 끝까지 일관성 있게 기다리는 부분도 중요하다. 그렇게 되면 어느 순간

이중언어를 구사하면서 아이의 표현력은 두 배가 되며 나아가 자연스럽게 아이의 인지 능력과 사회성 발달에도 도움이 되는 것 같다.

그렇다면 외국에 나가 살 수도 없는데 그렇다고 국제결혼을 한 부부도 아니라면 어떻게 해야 할까.

대부분의 경우가 여기서 속할 것이다.

어릴 때에는 아이가 어떤 놀이를 좋아하는지 관찰하고 부모도 함께 놀면서 가르치고자 하는 언어의 커뮤니케이션을 할 수 있는 환경을 오픈 해 주고 만들어 주는 것이 중요하다.

좋아하는 프로그램을 보여 줄 수도 있을 것이고 외국에 가족이나 친구가 있다면 영상으로 통화를 자주 하는 것도 방법일 것이다.

그리고 자연스럽게 그 나라 친구를 만들어주는 것도 중요하다. 예전에는 영어권에 있는 펜팔 친구를 사귀게 되면서 자연스럽게 영어가 너무나도 좋아지고 자연스럽게 영어 어휘와 말도 늘게 된 친구들도 종종 있었는데 미디어와 인터넷이 발달한 요즈음에는 그 접근 방법이 훨씬 쉽고 다양할 것이다.

여기에서 중요한 건 무엇보다 학습이나 공부가 아닌 자연스러운 환경 속에서 아이가 언어에 흥미를 느끼게 해줘야 한다'

강압적인 것은 절대 금물이다. 그리고 어설프게라도 외국어를 하려고 할 때 꾸밈없는 칭찬과 격려도 아주 중요할 것이다. 그리고 확실히 나이는 어릴수록 공부로 다가오지 않으니 효과가 클 것이다.

또한 그 노출은 잠깐씩 가끔씩 길게 하는 것보다는 그냥 생활처럼 놀이 속에서 자주 매일 하는 것이 더 효과적일 것이다.

많은 부모님들이 범하는 오류 중,

무조건 영어학원을 보내고 책상 앞에 오래 앉게 하면 영어 실력이 높아질 거라는 생각을 하는데 특히 언어는 책상 위에서만 이뤄지지 않는다.

둘째 아이의 친구 중에는 영국에서 자라서 한국에서 한 번도 살아 보지 못한 아이인데 유창한 한국말 구사에 전혀 어려움을 보이지 않는 친구가 있다. 우선 본인이 오픈 된 마인드로 한국을 너무나도 좋아하니 영어가 더 편한 대도 한국인 친구를 만나면 자연스럽게 한국어로 말하고 싶어 하고 더 배우고 싶어 한다. 그리고 한국 드라마나 노래를 좋아하니 자꾸 찾아보게 되고 시키지 않아도 한국 웹툰을 자주 읽으면서 이제는 한국어 소통에 거의 문제가 없다.

이렇듯 언어가 공부가 아닌 재미로 느끼게 해 주는 것만으로도 부모의 역할은 반은 성공한 것이다. 그 다음은 억지로 시키지 않아도 자연스럽게 물 흘러가듯 될 것이다.

적어도 진정한 바이링구얼, 멀티링구얼 하는 아이로 키우고 싶다면 여러 상황과 매체와 놀이 그리고 기회가 되면 좋은 시스템이나 여행 등을 통해 시야를 넓히고 또 만나게 되는 사람들을 잘 활용하면서 강압적인 분위기가 아니라 재미난 방법으로는 언어를 습득하고 즐길 수 있는 분위기를 만들어 주면 좋을 것이다.

자식은 부모의 소유물이 아니다

"부모는 참 위대한 사람들이다."

하나님께서 주신 새로운 생명체를 낳고 기르며 그 자식을 위해 모든 것을 해 주게 된다. 먹이고 입히기 위해 돈을 벌고 나의 많은 것들을 포기하면서 수고하고 헌신하며, 매일 밤 재우기 위해 땀을 흘린다. 그래서 자식은 부모에게 아주 중요한 존재이다.

나보다 더 소중한 존재이다.

하지만 여기서 분명한 건 자식은 부모의 소유물이 아니다.

성경에서도 자식은 하나님께서 주신 선물이라고 한다.

아이가 태어나서 독립을 할 수 있을 때까지 최선을 다해서 맡아서 잘 키우고 돌보는 게 부모가 해야 할 일이다.

하지만, 소유물이 되는 순간 내가 너를 어떻게 키웠는데 하는 기대를 가지고 내가 키운 수고와 헌신만큼 아이들이 덜 따라주게 되면 거기에 또 실망하게 된다. 자식은 부모의 분신이자 미니미라고 생각을 하기 때문이다.

그리고 키울 때도

"다 너를 위해서 이러는 거야. 네가 걱정되니까 이러는 거야. 너한텐 이게 좋아 이렇게 해. 다 너 잘 되라고 하는 거지!"
끊임없이 이러한 말들을 자녀에게 반복하고 강조하게 된다.

그리고 아이가 자라서 내가 예전처럼 많은 것을 해 주지 않아도 되는 스스로 할 수 있는 나이가 되었는데도 계속 그 끈을 놓지 못한다. 그리고 자연스러운 것인데 멀어져만 가는 아이에 대한 서운함만 가득하다. 이렇게 되기 시작하면 부모도 자식도 서로 힘들어지는 것 같다.

한국의 많은 부모들이 자신의 고달팠던 삶을 혹은 자신의 배우자에게서 얻지 못한 것들을 자기가 열정을 다해 키운 자식들에게서 보상받고자 한다. 한국 부모들의 열정과 헌신은 세계 어디를 가더라도 정말 최고이다. 대단하다.

하지만 자식은 부모가 못다 한 삶을 채워 줄 부모의 그림자가 아니다. 그저 자신의 삶을 살아갈 나와는 또 다른 한 생명체일 뿐.

자식에 대한 생각은 확실히 동양과 서양 부모님들 사이에서 보면 차이가 있는 것 같다.

아니라고 부정을 하고 싶겠지만 이건,

-자식이 소유물인지 아닌지의 인식? 의 차이 - 인 것 같다.

외국 친구들이 한국 드라마를 보면서 가장 이해를 못 하는 부분들이 있다.

특히 결혼을 하는 문제에 있어서이다. 동양, 특히 한국 드라마를 보면 젊은 남녀가 사귀고 결혼을 하는데 거기에는 부모의 허락 유무가 지나치게 중요한 부분을 차지하는 게 이해가 안 간다고 한다. 형이 잠시 사귀었던 여자라서 안 되고 두 가정의 경제적인 부분의 차이 때문에 안 되고 종교가 달라서도 안 되고... 물론 직업이 탄탄하지 않아도 안 된다. 심지어 그냥 자식의 배우자의 인상이 이유 없이 기분 나빠서 또는 말투가 고집 세게 보여서 반대도 한다.

사실 한국에 계신 나의 부모님도 전혀 다르지 않으셨다.

그리고 결혼을 했는데도 지나치게 부모님이 자식들에게 관심을 가지고 간섭을 하는 부분도 이해를 잘하지 못한다. 난 이 부분에는 어느 정도 장단점이 있다고 본다. 나도 성인이 되기 전까지 한국에서 태어나고 자란 한국인 마인드를 가진 터라 적당한 유대감과 관심 간섭이 한국(동양) 특유의 "정" 같아서 좋은 부분도 없지 않다. 그리고 결혼은 당사자들만의 문제가 아니라 집안끼리 다 맞아야 한다는 말도 어느 정도 이해는 간다. 자식의 경험이 나보다 많지 않기에 어느 정도 조언과 간섭은 필요하다고도 본다.

자식이 정말 개인적으로 별로인 상대를 소개해주면서 결혼을 하겠다면 어떻게 할 거라는 질문에 너무나 단호하게 대답을 해 주신 영국 아주머니가 생각난다.

"그건 본인의 결정이고 책임이지 아무리 엄마라고 해도 내가 간섭할 부분은 아니야"

성경말씀에도 나오듯이 자식은 하나님께서 주신 선물이며 나중에 그 품을 떠날 나이가 되면 보내주어야 하는 것이 맞다. 단지 그 기준이 잘못된 길을 걸어가는 자식을 전혀 간섭하지 않는다는 말은 아닐 것이다.

단지 내 소유물로 기대하고 묶어두려 하지 말아야 할 것이다.

나 또한 이 부분에 대해 요즘 참 생각이 많다.

몇 년 뒤면 둘째 아이까지 성인이 되어 버리는데 이제 마음을 단단히 먹고 나도 자식으로부터 마음의 독립을 해야 하는 준비를 해야 할 것 같다.

성인이 되어서도 단단하게 잘 살도록 올바른 가치관을 심어주고 건강하게 보살펴 주자.

"이제 곧 나에게 주신 선물의 기한이 다 되어가니
보내줘야 할 때를 알고 쿨 하게 놓아주자.
그게 참 사랑이고
진심으로 아이를 위한 거야"

폭력적인 아이로 자라지 않게 하기

  폭력적인 아이? 혹은 우리가 흔히 말하는 문제 있는? 아이는 잘
못된 가정환경에서 비롯된다라는 말을 아주 많이 들었을 것이다.
  정말 성인이 되어서 뭔가 어느 부분에 결여되어 있고 문제가 있는
성인들을 보면 어릴 때의 가정환경이 아주 중요하구나 하는 걸 많
이 보게 된다.

그렇다면 폭력적인 아이로

자라지 않게 하기 위해서 어떡해야 할까?

  먼저 가정에서 폭력적이고 강압적인 분위기를 줄여야 할 것이다.
  '강압적 가정환경은 공격성의 사육장'이라는 말을 많이 한다. 그
러기 위해서는 가정에서 엄마와 아빠가 먼저 좋은 관계를 유지하고
사랑하는 모습을 아이에게 많이 보여야 할 것이며 자녀에게 공격적
이게 행동해서도 안 될 것이다. 또한 앞에 글에서도 언급했듯이 올

바르지 않은 체벌은 최대한 하지 않아야 할 것이다. 아니, 난 아무리 교육이라고 해도 아이에게 직접 손을 대는 체벌은 절대 반대이다.

난 지금 생각해 보면 아이들을 키우면서 내가 잘못된 교육을 시켰던 부분들이 있었던 것 같다. '영국에서 괜히 우리 아이만 아시안이라고 괴롭힘을 당하지는 않을까, 만약 아이를 괴롭히는 아이가 있으면 어떻게 해야 할까'라는 생각들과 함께 주위에서 남자아이들은 치고 받고 하면서 큰다는 말들, 그리고 기싸움에서 이겨야 한다는 말들을 들으면서 이렇게 가르쳤다.

"절대 먼저 때리지는 말고 혹시나 누군가가 널 때렸을 때 참다가 딱 한대만 세게 때려라. 그리고 때릴 때 잘못 때리면 위험할 수도 있으니 얼굴 같은 데 잘못 때리지 말고 다리를 한방 세게 찬다던지 해라. 앞으로 절대로 널 쉽게 보지 않도록." 이라고 아주 구체적이고 자세하게도 가르쳤다. (지금 대학생이 된 아들은 다행히 영국에서 아이를 때리는 친구를 만난 적도, 그래서 때려줘야 할 일도 없었음에 감사하다)

어느 부모들이든 내 아이가 맞고 오는 것은 싫을 것이다. 그렇다고 짜증 나면 먼저 때리라고 가르치는 부모들은 없을 것이다. 하지만 나처럼 아이가 맞고 오면 너도 때려도 된다고 그대로 응대하라는 인식을 주는 부모들은 있을 것이다. 하지만 이건 올바르지 않은 것 같다. 남들이 괴롭혀도 무조건 참는 것도 안 되지만 어떠한 경우에도 폭력이 정당화된다는 잘못된 고정관념을 주어서는 안 된다. 그렇게 되면 조금만 상대방이 나를 불편하게 대해도 조금도 그 화를 참지 못하고 욕하고 화를 내야 하는 어른으로 자랄 수도 있을 것이다.

　그렇다면 아이들이 가정 안에서 아니면 바깥에서 폭력적인 모습을 보였을 때 부모로서는 어떤 행동을 해야 할까?
　나도 화가 나면 현명하게 대처하지 못하고 감정부터 앞설 때도 많지만 가장 중요한 것은 아이를 훈계하고 혼내기 전에 먼저 왜 그랬는지 왜 그런 행동을 했는지 물어보고 공감을 해 주는 것이 중요하다.
　바로 -선 공감, 후 훈계-가 정말 중요하다.
　이건 아이들에게뿐만 아니라 어른들 사이에서도 꼭 필요한 행동일 것이다.
　그리고 먼저 부모들이 행복해지도록 노력하는 부분도 중요할 것이다.
　엄마 아빠가 지치고 행복하지 않으면 쉽게 아이에게 짜증을 내기 쉽다. 모든 부모들이 잘 알지만 엄마 아빠가 절대 아이 앞에서 언성을 높여서 싸우거나 폭력을 행사하지 말아야 할 것이다. 가정에서의 어른들의 행동이 아이의 행동을 좌우한다.
　그러기 위해서는 어른부터 행복해지도록 변해야 할 것이다.

그렇다면 학교에서 친구들의 괴롭힘이 있다면 구체적으로 어떻게 대처해야 할까?

먼저 폭력은 행사하지 않되 상대방이 행사했을 때 절대로 가만히 참고 있어도 안 된다.

아이가 초중고 시절을 지나는 동안 정말 크고 작은 일들이 많았다. 한국어를 가르치기 위해 만 8세 때 온 가족이 한국행을 선택하면서 한국학교에 다닐 때, 한국말도 잘 못 한다고 당한 괴롭힘. 그리고 한국에서 국제학교를 다니다가 영국에 다시 와서는 영어 악센트가 미국식 악센트로 바뀌고, 돌아온 첫 해이기도 해서 친구들도 잘 못 사귀자 거기에서 당한 놀림과 괴롭힘들이 우리 아이에게도 크고 작게 있었다. 지금 생각해 보면 얻은 것도 많지만 한국학교와 영국 학교 그리고 한국 국제학교 경험을 다 겪으면서 어린 나이에 그 학교나 학습 분위기와 친구들 성향에 맞게 행동하기에도 참 힘들었을 텐데 대견하다.

이 부분에는 아이의 나이에 따라서 아이와 함께 대처하여야 할 때도 있을 것이고, 또 중고등학생이 되어 더 이상 부모의 개입이 힘들어지면 아이 스스로 터득하고 헤쳐나가야 할 부분도 있을 것이다.

중요한 건 가만히 참지 말고 먼저 학교나 선생님에게 리포트를 하고 거기에 따른 대응을 해야 할 것이다.

큰 아이가 한국에서 영국 학교로 돌아오자 처음에는 국제학교에서 익숙한 미국 발음을 하게 되었고 첫 해에는 친구들도 잘 못 사귀자 못된 아이들 그룹(못 된 아이들 그룹은 개인적인 표현이고 애들 사이에서는 짓궂고 쿨 한 애들 그룹을 말한다-어느 나라나 어느 학교나 이런 애들 그룹은 꼭 있을 것이다)에서 아이가 영어 발음도 다르고 조금 쉽게 보였던지 조금씩 놀리기 시작했다. 그러다가 어느 날은 수업 시간에 바로 뒤에 앉아서 물병에 있는 물을 조금씩 뿌리면서 웃어 대기 시작을 했나 보다. 그전부터 그 그룹 아이들을 지나갈 때 조금씩 불편한 기운을 느끼던 아이는 그 행동에 가만히 참지 않고 그 자리에서 당장 수업시간에 손을 들고 선생님께 알렸다고 한다. 선생님이 경고를 함에도 불구하고 다른 수업시간에도 또 계속 그러면서 키득키득거리자 아이는 그 자리에서 확 일어나서 본인의 물병 뚜껑을 열어 그대로 뒤에 있던 아이에게 확 뿌려버렸다고 한다. 그때가 중학교 2학년 나이였다. 그때 누가 봐도 뭐라 하지 못할 정당한 상황을 선생님과 아이들도 그 자리에서 다 지켜보았고 그 무리? 들은 아이를 더 이상 놀려도 재미없다는 생각에서인지 그 다음부터는 절대 그런 행동을 하지도 않고 놀리지도 않았다고 한다.

이렇게 첫째 아이는 영국에 돌아와서 힘든 중학교 시절을 지나면서 다행히 피아노와 큐브 등을 하면서 인기도 얻고 공부에 집중하게 되었다. 스트레스를 주던 아이들은 GCSE 시험 이후 성적 미달로 학교를 떠나가면서 아이와 성향이 비슷한 아이들과 새로 친구들이 되었던 고등학교 시절이나 되어서야 모든 것들이 천천히 제 자리로 돌아왔던 것 같다.

아이가 힘들어할 때마다 중간중간 괜히 한국으로 아이를 데려간 것이 아닌가 부모로서의 자책도 종종 했었다.

부모로서 아이가 이런 상황을 겪었다는 말을 들으면 너무 가슴이 아프다.

아이를 키우면서 아무 일도 없이 자란다면 얼마나 다행일까.

하지만 아이를 키우다 보면 어느 환경에서든지 우리의 바램과는 달리, 우리 아이들은 어쩔 수 없이 크고 작은 가슴앓이와 고민들 그리고 어려움에 대처하는 방법들을 경험하게 될 것이고 겪을 것이다. 이 모든 부분들이 단단하고 멋진 어른이 되기 위한 과정이라 생각해야 할 수밖에 없다.

크고 작은 문제들과 힘든 일도 많았지만.

영국에서 태어나 언어 습득을 위해 한국행, 그리고 영국행을 반복하면서 다행히 아이들은 완벽하게 바이링구얼을 할 수 있게 되었다. 그리고 그 중요한 나이에 얻은 것은 단지 언어뿐이 아닐 것이다.

대학생이 된 아이가 얼마 전에 전화로 이런 말을 한다.

자기를 영어만 하는 아시안으로 키워주지 않아서 감사하다고. 대학을 가니까 정말 그 중요함을 더 느낀다고.

아이를 키우다 보면 도와줄 수 있는 부분들이
부모로서 생각보다는 많이 없는 것 같다.
즐겁고 편안한 가정 분위기를 제공해 주고
바른 사고를 하도록 뒤에서 지지해 주고
힘들 때 공감해 주고 들어주는 것뿐.

오늘 하루도 행복한 엄마가 되기 위해
멋진 하루를 시작해야겠다.

모국어 습득을 위한 한국행

아이들이 외국에서 태어나 자라면서 한국어를 완벽하게 습득한다는 건 결코 쉽지가 않았다. 스무 살이 훨씬 넘어서 영국으로 유학 왔던 터라 영어가 외국어였던 나에게는 아이들에게 모국어를 꼭 가르쳐야 한다는 생각이 아주 확고했다. 우리 가정은 집에서 아빠는 모국이었던 영어와 광둥어, 나는 한국어를 아이들에게 말해 줬고 남편과 나는 일본어와 영어를 섞어가며 대화하는, 조금은 평범하지 않은 가정이었다. 굳이 일부러 그런 것도 아니고 그냥 본인들이 가장 잘하는 언어를 집에서 서로 말하다가 보니 이렇게 다양한 언어가 다 섞이는 짬뽕이 된 것이다.

애기 때부터 한국에서 한국 동화책을 이것저것 많이도 주문해서 아이들에게 읽어주고 한국말로 꼭 대화를 했지만 아이들이 유치원에 들어가면서 그것도 한계에 부딪히게 되었다. 엄마 아빠가 둘 다 한국어를 써도 모국어 습득이 쉽지가 않은데 우리 집은 나만 쓰고 있고 더구나 아이들이 학교에 가면 당연히 영어를 더 사용하게 되니 아이들에게 영어가 모국어가 되는 건 당연한 거였다.

하지만 이대로 계속 가다가는 사춘기 때가 되면 서로의 소통에 큰 문제가 있을 것이고 그 소통은 아이들과 나와의 깊은 관계성까지 부정적으로 미칠 거라는 생각에 뭔가 큰 결정을 하지 않으면 안 되었다.

결국 큰 아이가 만 8세, 작은 아이가 만 5세가 되던 3월 초,

온 가족은 모든 걸 영국에 그대로 두고 1년 정도 아이들 한국어 습득을 위해 한국행을 결정했다.

온 가족이 한국행을 결정하기란 쉽지 않았다.

다행히 남편이 회사에 매여 있었다면 그 결정도 힘들었었겠지만 모든 상황들이 turning point를 만들기에 좋은 기회가 찾아왔다. 뭔가 꽂히면 무조건 해야 하는 내 성격이기에 어느 날 남편이랑 고민을 나누었다. 모든 건 시간과 기회 그리고 그 '때'가 올 때 잘 잡아야 한다는 걸 아는 나의 생각을 남편은 100프로 지지해 주었고 이해해 주었다. 그렇게 결정한 후 딱 한 달 뒤, 모든 걸 그대로 잠시 일시 정지시켜 두고 두 아이를 데리고 한국행을 선택했다.

1년 정도 한국어와 한국문화 체험의 기회를 갖는다 생각하고 집을 청소하고 정리하고 1년 정도 아이들이 자라면서 필요한 장난감들과 짐들만을 싸고 한국으로 향했다.

아이들을 키우느라 너무 오랫동안 한국땅을 밟지 못했던 나는 첫 날 한국 가족들이 마중 나온 공항의 모습과 그 전경... 그리고 세월의 흔적들을 다 사라지게 하는 반가운 인사말들이 아직도 너무너무 생생하다.

꿈을 찾아 무작정 한국을 떠나 지구 반대편 나라에서 십 여년만에 돌아온 나는 그때의 황당하고 당돌했던 패기 대신 이제는 두 아이의 엄마가 되어 또 다른 이유로 차분하게 돌아왔다. 가족들이 보기엔 갑자기 한국을 떠나 사랑을 찾아 영국으로 간다고 했던 했던 그 날과 비슷하게 내가 얼마나 황당했을까.

지금 생각하면 참 철없는 황당한 막내딸과 동생이었던 것 같다.

공항에서 한국 가족들을 본 나의 아들과 딸은 영어로,

"Hello~~ Grandmom, Anut"를 말하면서 차에 아주 예의 바르게 차례로 올라탔다. 만 8세 만 5세의 아들과 딸은 뒷자리에서 곧바로 벨트를 매기 시작했고 옆에 앉으려 했던 이모는 자리가 없어지자 "어머나, 인사도 잘 하고 안전벨트도 스스로 잘 매네.." 했던 기억이 난다. 그러다가 한국에 온 지 몇 주가 지나니 안전벨트는 당연히 잘 매지도 않고 타기 전 운전하는 가족한테 인사하는 것도 다 잊은 채 뛰어와서 사촌언니와 깔깔대며 차에 마구마구 올라타는 그냥 천진난만 장난꾸러기 어린이가 되었지만…

아직도 이모는 종종 말한다. 그때 두 조카의 모습이 너무너무 인상적이었다고. 한국에 오니 완전 다른 이미지?로 바뀌었다고.

나의 한국행의 목적은 위에서 언급했듯이 모국어와 문화를 직접 접하는 기회를 아이한테 주는 것이었다.

모국어를 가르치기 위해서는 아이가 너무 많이 자라기 전도 후도 아닌 나이가 좋은 것 같다. 그 나이가 내 개인 생각으로는 만 5세 이후 만 12세 전이다. 그때의 우리 아이들은 큰 아이가 만 8세 , 작은 아이가 만 5세였고 더 늦게 결정을 하게 되면 큰 아이의 영국 중학교 입학과 애매하게 시간이 겹치기에 마음을 먹은 김에 바로 결정을 했었다.

물론 영국에서 아이를 키우는 동안 나름 한국어 책도 우편으로 배송 받아서 읽어주고 글자도 가르치려 노력했지만 한국어를 그럭저럭 알아듣고 이해하는 것 까지는 가능했지만 대답은 영어로 하는 아이를 보며 한계를 느끼기 시작했다.

물론 해외에 거주하시면서 나처럼 아이를 키우며 모국어를 정말 네이티브처럼 구사할 수 있도록 교육을 하시는 훌륭한 한국 부모님들도 보았다. 내가 아는 한국 부모님은 선교 사역을 하면서 아이들을 현지 학교에 보낼 수 없는 상황이 되자 세 명의 아이들을 홈 스쿨링 하면서 커리큘럼에 맞게 한국어와 영어의 공부를 완벽하게 가르치시는 분들도 있었다.

하지만 핑계라면 핑계겠지만 우리 가정은 조금 특별하였다.

영국에서 태어난 홍콩계 남편은 영어가 모국어이었다. 하지만 광둥어를 모국어로 가르치기 위해 남편의 부모님께서 남편 나이 만 6세에 1년간 홍콩에 있는 유치원에 유학을 보내셨다. 그 다음 영국으로 다시 돌아와 영국에서 주욱 자라서 살던 남편은 대학을 다니던 중 일본 유학을 가게 되었고 나를 그렇게 일본에서 유학하던 중 만났다. 그래서 남편이랑 나와의 대화는 일본어 반과 영어 반이 섞여있는 대화를 집에서 한다. 그래서 우리들의 두 아이는 어쩌다가 보니 한국 엄마와 홍콩계 영국인 아빠 사이에서 한국어와 영어, 그리고 중국어와 일본어가 왔다 갔다 하는 가정에서 자라야만 했다. 둘 다 부모님이 한국인인 가정과는 조금 달랐고 혼자 한국어를 가르치기에 조금 한계를 느낀 나는 어느 날 문득 이런 생각이 떠올랐다.

나중에 아이가 커서 사춘기 아이가 되면 내가 한국어로 설명을 하고 야단을 쳐야 하는 일이 생겼을 때, 내가 잘 알아듣지 못하는 사춘기 아이들이 쓰는 비속어 같은 영어로 한마디 대꾸를 하고 방에 문을 쾅 닫고 들어가 버릴 것 같은 걱정... 난 어른이 되어서야 생활 영어를 배운 탓에 (이것도 핑계 아닌 핑계이다) 기본적인 일상 대화 정도 수준의 영어를 구사했던 터라 앞으로 영어를 네이티브처럼 구사할 아이들을 절대 따라갈 수 없을 거라고 생각했다. 그렇게 되면 분명히 관계와 소통에 문제가 생길 것이고 그 부분에서 엄마와의 언어 소통의 중요성이 얼마나 중요한지 알기에 아차 하는 맘이 생겼다.

　그리고 무엇보다 내가 살았던 나라에 대해 뼛속까지 이해할 수 있는 한국 문화를 심어주고 싶다는 생각이 들었다. 또한, 아이가 태어났고 지금 살고 있고 앞으로 살아가야 하는 나라 영국, 그리고 피할 수 없는 엄마의 나라 한국의 양국 문화를 직접 경험하며 제대로 거기에 스며들게 하고 싶었다.

　그 방법은 잠시라도 그 나라에서 살아보는 것이었다.

　이건 가족의 아주 큰 결심이었고 온 가족이 움직였다.
　하지만
　1년을 생각하고 유학을 갔던 한국행은 어쩌다 보니 4년이라는 시간이 흐르게 되었다.

Research has increasingly shown that teaching in a mother tongue early in school helps reduce dropout rates and makes education more engaging for marginalised groups. Children who benefit from mother tongue-based-multilingual education (MTB-MLE) also perform better in their second language

From. iafor.org

한국에서의 첫 발걸음-
-한국학교 생활 적응하기

영국 학교 3학기 중 겨울 방학을 끝내고 3월 초 한국에 도착했다.

한국에 도착하자마자 만 8세 된 아들은 동네 초등학교 2학년 과정에 보내게 되었고 만 5세 딸은 6세 반 유치원에 보내게 되었다.

-한국 초등학교에의 한국 유치원에의 첫 발걸음.

한국에 도착하자마자 이틀 후 한국 학교를 찾아가서 교장 선생님과 면담을 하고 당장 3일째 학교를 보내기 시작했다. 그때만 해도 아이들은 어려움 없이 무조건 잘 적응할 수 있을 거라 쉽게 믿었고 그 부분에는 YES and NO 두 부분이 있었던 것 같다. 모든 걸 다 아는 지금 생각을 해 보면 더 조심스러웠을 텐데 아이들은 환경에 알아서 잘 적응할 거라는 무한 긍정적인 마인드가 날 더 대담하게 만들었던 것 같다.

면담 날, 생긴 건 한국인처럼 생겼지만 한국말이 서투른 데다가 읽고 쓰기도 잘 못 하는 아이를 보고는 교장 선생님께서는 고민에 푹 빠지셨다. 영국에서 가져 간 초등 4학년(영국에서는 입학을 만 3, 4세에 하기 때문에 만 8세가 되면 영국에서는 초등학교 4학년 나이가 되었다)까지의 성적표가 아무리 훌륭해도 한국어 쓰기와 읽기가 아예 안 되는 아이라 교장 선생님은 걱정을 하시며 한 학년 아래인 초등학교 1학년에 입학시키는 것이 어떠냐는 권유를 하셨다. 그때 난 한국 문화와 또래 친구들은 만나고 특히 1년 정도 한국어를 배우는 게 목적이었기에 그냥 같은 나이인 초등학교 2학년에 입학시켜 달라고 부탁을 했다. 언어가 조금 부족하다는 것뿐이지 나이에 맞지 않게 공부 능력이 뒤떨어지거나 하는 부분이 아니기도 했고 특히 한국에서는 초등학교 저 학년 때에는 한 살 많고 어린 부분이 친구들 사이에서는 꽤 중요하다고 생각을 했기 때문이다. 교장 선생님께는 조금 황당한 부탁이었지만 그렇게 부탁을 드렸고 같은 학년에 넣기로 결정을 했다.

지나고 나니 이 선택은 정말 아주 잘한 것 같다.

사실 이 확고한 생각은 몇 년 전 역으로 한국에서 영국으로 1년 유학을 왔던 조카들을 옆에서 지켜보면서 나름 경험과 확신을 할 수 있었던 부분이었다. 아이들은 우리가 생각하고 있는 것보다 훨씬 더 적응을 잘한다.

한국에 온 지 3일째.

시차도 적응을 못 한 채 바로 학교 생활이 시작되었다.

지금 생각해 보면 아이는 얼마나 황당하고 떨렸을까. 영국에서 태어나서 영국 교육을 받으며 영어만 썼던 아이가 하루아침에 한국 학교를 가서 얼마나 모든 것들이 낯설고 어색했고 떨렸을까. 아침 자습시간에 친구들은 한국 책을 읽는데 아이는 한글을 모르니 ㄱ ㄴ ㄷ ㄹ 한글 쓰기 책부터 사서 보냈다. 어릴 때 애기 때는 통문자 카드로 그렇게 가르쳐도 힘들었던 한글 깨치기가 나이가 들어서 나름 초등학생이 되니 집에서 A4 종이 한 장에 자음과 모음을 도표로 그려놓고 서로 모음과 자음을 합해가며 가, 나, 다, 라 읽기 방법을 가르쳐 주었다. 살고 있는 곳이 한국이라 그런지 의외로 쉽게 한글 읽기를 깨우쳤다.

그 대신, 학교에서 책을 읽는 시간에는 읽기 힘들어하는 한국어 동화책 대신 영어로 된 동화책을 학교에 보내었다. 그리고 선생님 께 양해를 구하고 책을 앞에서 읽는 시간에는 가끔 아이들 앞에서 우리 아이를 시켜달라 부탁 드렸다. 한국어를 배워야 하지만 한국 어 때문에 아이를 주눅 들게 하기 싫었고 그나마 친구들 앞에서 더 잘하고 자신 있는 영어책 읽기로 자존감과 자신감을 높이는 것도 중요했기 때문이다.

나이가 지긋하신 할머니 담임 선생님께서는 자기 평생 40년 교사 인생에 외국인 아이를 받아본 적이 없다고 많이 걱정하셨지만 난 조용히 손을 잡고 부탁 드렸다.

"괜찮아요 선생님.. 격려와 칭찬만 해 주시면 무난하게 잘 따라갈 거예요. 그리고 우리 아이는 1년 후(사실 4년을 지내게 되었지만)에는 영국 돌아갈 거예요.. 여기서는 한국 친구들과 좋은 추억을 가지고 한국문화를 배우고 한국어를 익히면 되어요. 그러니 부담 느끼시지 않아도 됩니다. 하지만 제발 수업 못 따라간다고 야단치지만 말아 주세요…."

영국 학교에서는 아이에게 공부를 못 한다고 주눅 들게 하고 야단을 치거나 체벌을 하는 건 상상을 할 수 없었고 그렇게 아이도 태어나서 자라 왔기 때문에 마지막 말을 덧붙여서 부탁했었다. 아이를 체벌하거나 야단치지 말아 달라고 선생님께 부탁을 했다고 하니 한국에서 초등학생 조카를 같은 학교에 보냈던 작은언니가 요즘 학교에서는 체벌 같은 건 상상할 수 없는 일이라 했다. 그래도 나이가 있으신 선생님이시기도 했었고 나의 학창 시절, 학교에서 체벌이 난무? 했고 아이를 본인의 화풀이로 아이들을 벌 세우고 함부로 대했던 몇몇 선생님에 대한 안 좋은 이미지들이 학창 시절의 부정적인 기억들로 남아있었기에 이렇게 당부를 했었다.

내가 초등학교를 다니던 시절과는 다르게 요즈음에는 초등학교에서도 영어 과목을 배우기 때문에 영어 수업시간에서는 아이가 주눅 들지 않고 더 자신감을 얻었던 부분이 있어서 참 감사했다. 그렇게 아이는 한국 초등학교 생활을 적응해 갔다. 그리고 유치원에 다녔던 작은 아이는 만 5세 반에 들어가서 큰 어려움 없이 잘 적응을 해 나갔다. 만 5세라는 아이들 나이가 한국말을 써도 영어를 써도 크게 개의치 않는 나이였고 다들 마냥 어린 아기였던 탓에 큰 스트레스 없이 정말 스펀지처럼 한국말을 익혔고 한국생활에 재미있게 적응을 잘해 주었다.

지금 생각하면 엄마의 당찬 결정에 아이들이 잘 따라줘서 참 다행이고 고맙고 감사하다.

-이렇게 1년을 계획했던 아이들 한국어 배우기 유학은 파란만장한 4년간의 한국생활로 이어진다.

지금 생각하면 어릴 적 그 시간들이 지금 아이들의 가치관과 성격, 자아, 심지어 입맛 등등 많은 부분을 결정하게 되는 아주 중요한 시간들이었다.

한국 초등학교 시작 –
한국어 받아쓰기 도전하기

영국에서 오자 마자 우여곡절 끝에 시작된 첫 아이의 초등학교 2 학년 과정.

아이가 학교를 다니기 시작한 건 3월 초가 지나가는 시점이었다. 다른 친구들은 1학년 때부터 초등학교 생활을 시작으로 2학년이 된 지도 1~2주가 지난 터라 다들 짝꿍이랑도 친해지고 학교 생활도 어느 정도 익숙해질 때였다.

한국이라는 나라는 기억도 안 나는 두 돌 애기 때 처음 와 보고 이번이 처음이었던 아이를 오자마자 한국말만 쓰는 한국학교에 등 교시켰으니 아이에게는 이것저것 모든 부분이 어리둥절했으리라. 아이들의 뇌는 스펀지라 어디에서든 금방 적응을 잘하려니 하는 무 한 긍정적인 마인드가 아니었으면 나 또한 걱정을 많이 했겠지만, 그때는 나도 정말 잘할 거라는 긍정적인 마음뿐이었던 것 같다.

당시 아이의 한국어 실력은 엄마가 집에서 하는 일상 용어 정도를 조금 이해만 할 뿐 쓰고 읽기의 한글은 아예 알지 못했다.

그래서 급하게 집에서 자음과 모음을 적어두고 그 조합을 가르쳐 주며 겨우 한 단어 한 단어 읽기 시작할 즈음.아이도 다른 아이들과 똑같이 숙제를 해 가야 했고 받아쓰기 숙제도 해 가야 했다. 가장 좋아하는 시간은 한글 문장이 거의 없는 수학 문제 풀기와 영어 수업뿐 이었다.

그 중 받아쓰기 시험시간은 너무나도 힘든 시간이었다.

일주일에 두어 번 받아쓰기 시험이 있기 전 날에는 선생님께서 숙제로 10 문장을 주시고 집에서 연습을 해 가야 한다. 아이는 당연히 받아쓰기 시험을 치르면 매일 빵점을 받아왔다. 한글을 겨우 떼고 말도 쉬운 문장만 겨우 겨우 알아듣는데 그 긴 문장들을 한국어로 적어야 하는 건 아이에게는 정말 어려웠을 것이다.

그래서 아이가 빵점을 받아오면 절대로 실망한 표정을 하지 않고 항상 웃어주었다. 아주 당연한 것이니.. 하지만 다른 친구들이 답안을 적느라고 바쁠 때 우리 아이는 주변 친구들을 보면서 속으로 어떤 생각을 할까. 영국에서는 나름 공부도 잘하는 똑똑한 이미지였는데.. 라는 생각을 하니 맘이 아파와서 아이와 함께 당찬 결심을 하게 되었다.

아이한테 이렇게 말을 했다.

"우리 매일 빵점 맞는 것도 지겨운데 10점- 열 문장 중 한 문장만 맞혀볼까?"

아이는 웃으며 고개를 끄덕인다.

그리고 그날 하루는 제일 짧은 문장 하나만 달달 외웠다. 아홉 문장은 아예 포기해 버리고 한 문장만 수십 번을 같이 써 보았다. 무슨 문장이 시험에 나올지는 알고 있으니 10 문장 중 하나 즈음은 노력을 해서 적을 수 있었다.

그렇게 해서 그 다음 날 10개 문장 중에 한 문장에 동그라미가 쳐지고 그 시험지를 집에 들고 오면 나의 칭찬은 아이가 천재가 된 것인 마냥 해 준다. 그렇게 다음에는 딱 두 개만 외워서 2 문장을 맞추고 그 다음은 3 문장을 맞추었다.

여기에 용기를 내기 시작한 초등학교 2학년 아들.

그렇게 초등학교에 입학한 지 6개월 정도가 지나자 한국어도 다 알아듣고 쓰기와 읽기도 다 되기 시작하면서 받아쓰기도 거의 90점, 100점을 맞아오게 되었다. 이렇게 자신감을 얻었던 아이는 차차 다른 과목들도 거의 다 잘 따라오게 되었다.

"그래..
아이의 뇌는 스펀지가 맞는 것 같다"

한국 학교에서의 따돌림

한국에 온 지 몇 달이 안 되었을 때.

어느 날부터 초등학교에 다니던 첫째 아이의 말 수가 왠지 적어지고 표정도 어두워지는 것 같았다. 하지만 괜찮으냐고 물으면 괜찮다는 말뿐 엄마한테는 잘 얘기를 하지 않았다.

어느 날은 신발 한쪽을 잃어버렸다며 새로 사 준 운동화를 한쪽만 신고 집으로 돌아온 날.. 물건을 함부로 다루는 성격도 아니었고 그렇다고 운동화를 한쪽만 잃어버렸다는 말이 째 하게 느껴질 때 즈음. 그날 저녁 태권도 선생님께서 연락을 주셨다.

아이의 태권도 선생님은 외국에서 왔다고 아이를 너무나도 잘 챙겨주셨고 항상 대단하다는 말과 함께 칭찬해 주시고 아이 기분을 북돋아 주신 분이었다.

그런데 요즈음 아이의 표정이 우울해 보여서 물어봤더니 선생님께는 학교 생활 이야기를 했었나 보다.

고민 후 어머님께 전화한다는 선생님의 얘기를 들으면서 정말 내 가슴이 아파왔다.

사실 아이가 학교에서 따돌림을 당하는 것 같다고..

문을 나서려 하는데 친구가 뒤에서 밀치는 일도 있었고, 신발 한 쪽을 잃어버린 그날은 친구가 멀리 있는 알지 못하는 휴지통에 버렸다고 한다.

영국에서 똑똑하고 공부도 잘하고 항상 밝았던 아이를 한국에 데리고 와서 힘들게 하고 있다는 죄책감에 너무 마음이 아파왔다.

모든 것들이 내 욕심인 것만 같았다.

전화를 받고 아이한테 조용히 다가가서 대화를 해 보니 아이가 울면서 그 동안 힘들었던 일들을 말해 주었다.

미칠 듯이 화도 나고 나도 슬펐지만 침착하게 어떻게 할까 생각을 하다가 학교를 찾아갔다. 괴롭힌다는 아이는 다른 아이가 아닌 반장이었던 짝꿍이었다. 아이가 한국말을 못 하니 학교 초기에 반장인 아이랑 짝꿍을 하게 하고 선생님께서 도와주라고 하신 것 같다.

아마 그 아이도 어린데 선생님께서 외국에서 온 새로운 아이를 챙겨야 하다 보니 귀찮고 짜증이 났나 보다. 무엇보다 한국말을 못 하니 뭔가 애가 모자라는 것 같고 수업이 시작되면 무슨 공책을 꺼내

야 하는 부분까지 챙기고 도와줘야 하니 본인도 나름 얼마나 짜증
이 났을까...

   그래도 잘못된 행동을 내 아이에게 하고 있으니 나도 가만히 있을
수가 없었다. 학교 끝나는 시간에 맞춰 그 아이가 나올 때 아이를
멈추고 말을 했다.

   "안녕, 얘기 좀 할까? 난 OO 엄마야"
   누구누구 엄마라는 말에 아이는 조금 겁에 질린듯한 표정을 지었
고, 난 미소를 지으며 찬찬히 얘기를 해 주었다.

   "네가 한 OO한테 한 행동 때문에 OO가 너무 힘들어하고 있어. 울
OO은 한국에서 1년 동안 한국어도 배우고 한국생활을 해 보기 위해
서 영국에서 한국으로 왔어. 알지?"
   "네…"
   "그런데 내년에 영국에 돌아가서 짝꿍이었던 너에 대한 기억을
괴롭히던 나쁜 아이로만 기억하면 좋을까, 안 좋을까.?"
   아이는 꽤 심각하게 듣고 대답을 한다.
   " 안 좋아요"

   그리고 마지막에는 조금 강하게? 말을 해 줬다.

"귀찮을텐데 우리00 챙겨준다고 너도 힘든 거 알아. 네 맘도 알아. 하지만 폭력이나 괴롭힘은 나쁜 거야. 알지? 그래서 담에 다시 한 번 더 그런 행동을 하면 그때는 어쩔 수 없이 난 네 부모님과도 얘기를 해야 할 거 같아"

귀여운 초등학교 2학년 아이에게 다행히 이 방법은 잘 먹혔다. 고학년이나 중고등학교 때는 부모님이 무작정 끼어드는 이 방법도 한계가 있겠지만...

감사하게도 어쨌든 그날 이후로 반장과는 가장 친한 절친이 되었다.

그리고 아이의 한국말이 늘고 공부를 잘 따라가게 되자 더 이상 따돌림은 없어졌다.

지금 와서 생각해 보아도 아이를 키운다는 건 참 힘들다.
한 생명으로 태어나서 부모가 바르게 아이를 이끌어줘야 한다는 부분은 얼마나 중요한지 모른다.
단지 나이에 따라서 어릴 때는 앞에서, 그리고 더 자라면 옆에서 나중에 사춘기가 되면 뒤에서 묵묵히 지켜주라는 말은 아는데 거기에 따른 바른 시점과 행동이 참 힘들다.

아이가 다 자란 지금은 옆에서도 아닌 뒤에서도 아닌 북극성 같은 존재가 되어 멀리서 바라보며 지켜만 봐 주어야 하는데, 나도 요즘은 적응이 잘 안 되고 참 가슴이 쓰라린다.

이랬던 아이가 이제는 대학을 가서 한국에서 유학을 온 형과 누나들과 한국어로 떠들고 한국 음식을 먹고 있다며 보내 준 사진을 보면서 참 기쁘기도 하고 대견하기도 했다.
요즘은 종종 자신이 한국말을 한국 사람처럼 하도록 가르쳐 줘서 감사하다는 말을 부쩍 많이 한다.

내가 영국에 온 게 스무 해 중반이었는데 그 나이의 한국 형들과 누나들이 우리 아들과 친구가 되어서 대학 생활을 하고 있는 모습을 보니 기분이 참 묘하고 이상했다.

"그렇게.. 이렇게...
나도 아이를 키우면서 진정한
어른이 되어가나 보다."

반에서 2등 하기까지-
한국말 깨우치기부터 학교 적응

한국에서 아이에게 중요하게 생각했던 부분은 칭찬과 격려를 많이 하며 아이에게 공부에 대한 꾸지람과 부담을 주지 않으려고 노력을 하는 부분이었다.

영국에서 생활 잘하던 아이들을 단지 엄마의 나라라는 이유만으로 글자도 모르는 채 한국학교에 입학시키고 하루 종일 낯선 환경에서 언어를 배우고 공부를 해야 하는 아이에게 내 욕심으로 또 괜한 부담감과 스트레스를 주기 싫었다.

어쨌든 한국행으로의 결정은 나의 결정이었고 아이들과 완벽하게 소통하고 싶었던 내 욕심도 있었기에, 특히 학업에 있어서까지 아이들에게 그 모든 걸 완벽하게 해 내야 한다고 말할 권리는 나에게는 없었다.

난 그냥 아이들이 한국에 와서 즐거운 추억들을 가득 가지고 기억하며 한국말도 덩달아 습득하면 정말 감사하겠다는 생각으로 온 것이었기에.

하지만 일 년 동안 한국말만 배우면 영국으로 돌아가야지 했던 나의 생각과는 달리 아이가 학교에 너무 적응도 잘해 주었고, 공부도 잘 따라가게 되면서 남편과의 상의하에 한국에 일 년을 더 머물게 되었다.

나도 결혼 전에 잠시 멈춤으로 두었던 한국에서의 경력을 살려 조금씩 일을 하게 되었고 남편도 본인의 새로운 능력을 찾아 한국 생활에 꽤 적응을 잘해 나갔던 부분도 중요했었다.

그렇게 한국에서의 유학 두 번째 해가 되었다.

초등학교 2학년 3월부터 한국어 자음 모음을 익히면서 한국학교를 다니기 시작한 지 거의 2년이 지난 3학년 2학기 기말고사 때는 국어 수학 영어 암기과목에서 틀린 문제도 거의 없이 반에서 2등을 하게 되었다.

크게 학업 부분에 있어서는 안달을 내지도 부담을 주지도 않았던 것 같은데 너무나도 기특했고 또 감사했다.

누구보다 초등학교 2학년 때 한글도 못 읽는 이 아이를 어떻게 감당해야 할지 모르겠다고 걱정을 하셨던 처음 만난 담임선생님께서 가장 기뻐하고 좋아해 주시고 놀라셨다.

아이는 어른들과 격려와 칭찬을 먹으면서 자란다는 말이 정말 맞는 것 같다.

그리고 2년이 거의 다 흘렀을 때 유치원 7세 과정을 마친 둘째 딸과 한국 초등학교 3학년 과정을 마친 아들을 두고 다시 한번 고민에 빠지게 되었다.

영국에 돌아가서 학업을 시작해야 하는데 이젠 반대로 한국 공부나 말은 너무나도 잘 익혔는데 이 나이가 되니 영어를 까먹기 시작했다. 특히 만 5세 때 한국으로 돌아온 둘째 아이가 더 심했다. 만 5세 영국에서 primary school 1학년 과정을 반만 다니다가 온 둘째 아이는 그래도 영어 대화는 문제가 전혀 없었고 영어도 어느 정도 아주 간단한 단어 읽기를 배울 때 즈음 왔는데 한국에 와서 2년째가 되니 이제는 아빠가 영어로 물으면 영어보다는 한국어로 대답하는 걸 더 편해했고 그러다 보니 한국어를 모르는 아빠와의 소통이 문제가 되기 시작했다.

완벽한 바이링구얼을 구사하기 위해 이대로 영국을 가야 할지 아니면 한국에 더 남을지 우리의 모든 상황과 가족들의 형편성 등 모든 부분을 고려해서 다시 한번 큰 결정을 해야 했다.

어쨌든 이제 아이를 더 이상 한국 학교에 보내는 건 의미가 없었다.

"사람들은 일생을 살면서
여러 가지 질문에 봉착한다.
할까 말까. 갈까 말까.
음식을 먹거나 물건을 사는 거 외에는 이미

내 맘속에 그 정답이 있었다.

그래,

그 길을 가 보면 된다.

그래야 후회하지 않을 테니.

그리고 세월이 지나고 나니 아이들에게

몇 년간 한국 문화와 언어를 배우게 한 나의 선택은

내 욕심이 아니라 아이들에게 더 큰 인성과 사고를 넓히게 되는

선물이 되어 주었다."

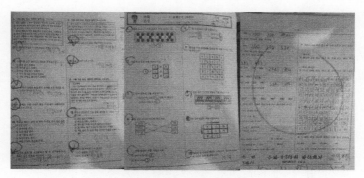

한국 초등학교에서 첫째 아이 시험지

한국에서 국제학교 입학

　2년을 한국에서 지내다 보니 아이들도 훌쩍 커 버렸고 이제는 사투리까지 완벽하게 구사하는 정말 네이티브 한국 아이들이 되어 버렸다. 한국에 도착한 첫날, 처음에 다소곳이 영어로 이모한테 인사하며 뒷자리에 앉아 안전벨트를 매던 모습은 온데간데없고 너무나도 구수한 사투리를 찰지게 또래 친구들과 잘도 나누고 장난치는 장난꾸러기가 되었다. 오빠와 여동생 사이에서는 영어를 줄곧 썼는데 이제는 한국말을 쓰는 게 더 편한지 둘이서 대화도 줄곧 한국어로 했다.

　하지만 아이들이 한국에서 계속 지낼 수는 없고 우리도 모든 걸 영국에 잠시 두고 온 상태라 이젠 정말 결정을 해야 했다.

　첫째 아이는 초등학교 4학년에 올라가야 하고 둘째 아이는 이제 초등학교 입학을 해야 했다. 첫째 아이는 목표했던 한국말 익히기는 물론 한국어 수업도 다른 또래 한국 아이들과 비교해도 뒤처지지 않게 되었고 오히려 성적은 반에서 상위권에 들었다. 그리고 둘째 딸은 유치원 2년 과정 동안 스트레스 없이 한국말을 잘 익힌 것도 모자라 너무나도 토종 한국 어린이가 되어 아주 재미있게 한국 생활에 잘 적응을 해 주었다. 한국 유치원에서 생각지도 못하게 한글 떼기까지 해 주신 덕분에 둘째 아이는 내가 한글을 가르쳐 주지 않아도 유치원에서 일기나 부모님께 쓰는 편지를 한국말로 곧잘 잘 써서 나에게 기쁨을 안겨 주었다.

2년 전만 해도 상상할 수 없던 일들이 다 일어났다.

2년 전 영국 Nursery 과정을 다닐 때 영국 유치원에서 받은 그림 편지들이 기억난다.

고사리 같은 손으로 또박또박 쓴 손 글씨. 그리고 요 나이 때 애들이 똑같이 짜고 그린 듯 세계 공통적으로 비슷한 외계인 가분수 머리에 머리카락 몇 가닥과 손가락 개수만 열심히 다섯 줄로 채워 손이 무릎까지 내려오는 신기한 가족 그림을 받으며 모든 부모님들이 그렇듯 너무나도 행복했다.

"I Love you mummy"

또박또박 영어로 쓴 글자를 흐뭇하게 바라보면서 내 아이가 나중에 한국어로도 이렇게 편지를 써 준다면 얼마나 행복할까. 라는 생각을 잠시 했었던.

그런데 이젠 한국어로 된 그림카드를 받을 수 있게 되었다.
그리고 만 7세 반 유치원에서는 고맙게도 엄마 아빠에게 쓴 편지 숙제들을 참 많이도 시켜주신다. 그 한 가득 그림과 편지, 그리고 작품? 들을 폴더에 정리하면서 너무나도 흐뭇했다.
정말 나의 바람대로 한국에 와서 다 이루었다.
아이들의 한국어는 완전 한국에서 태어난 아이들처럼 발음도 자연스러웠다.

2년이 지날 즈음 남편과 진지하게 얘기했다.
큰 아이의 영국 중학교 입학시험(11+)은 외국에서 올 경우 transform exam으로 학교 입학시험을 대처할 수 있었고 그렇다면 중요한 GCSE(고등학교 입학) 시험 2-3년 전에는 늦어도 영국에 들어가야 한다는 결론이 나왔다.
그렇다고 한국 학교를 계속 다닐 수는 없었다. 난 나의 고국이라 무엇보다 한국이 편하고 하고 있는 일도 있어서 좀 더 있는 편이 좋았지만 아이들은 미래에 어차피 영국에서의 교육을 받아야 하고 영국에서 살아가야 할 건데 아이들이 점점 영어를 까먹고 있었다. 큰 아이는 그나마 조금 나았지만 만 5세에 왔던 둘째 아이는 한국 유치원에서 너무너무 적응을 잘해 주어 감사했던 반면 영어를 거의 까먹어버렸다. 그나마 아빠와의 대화는 영어로 완벽하게 구사를 했는데 거의 2년을 한국에서 지내다 보니 영어는 거의 잊어버리는 것 같았다. 둘째 아이는 한국으로 오기 전 영국 학교에서도 파닉스 읽기를 채 끝내지 않고 온 터라 읽기 쓰기가 다 잘 안 되어 있는 상태였다.

그래서 이제 너무 욕심을 가지지 말자라는 생각과 함께 감사하게도 이젠 두 아이 다 한국말도 잘하니 영국으로 돌아가야겠다는 생각도 하고 있었다.

그러다가 다니던 외국인 교회에서 알고 지내던 혼혈 아이를 둔 부부와 우연히 이런저런 얘기를 하던 중 그분들은 국제학교에 아이들을 보내고 있다는 것을 알게 되었다. 당연 그분들은 한국에 계속 거주를 할 거니 국제학교에 보내고 있겠다 생각했고 우리가 한국에 온 목적은 한국어를 배우기 위해 유학을 온 터라 그 비싼 학비를 내면서까지 한국어를 쓰지 않고 영어를 쓰는 국제학교를 보내는 건 생각도 하지 않았었다.

하지만 2년이 지난 지금은 여러 가지 상황들로 남편도 한국에서 시작하던 일을 그만 둘 수가 없는 애매한 상황이었고 아이들도 나도 한국에 좀 더 있기를 바라고 있는 찰나였다. 그래서 결론은 국제

학교 입학이 가능하면 더 있고 입학이 안 되면 영국으로 돌아가자는 결정을 하게 되었다.

그때 국제 학교는 개교를 한 지 몇 해 되지 않은 상황이라 당시 외국인 아이들 유치가 필요했고 그 때부터 난 입학이 가능한지 정보와 방법을 찾기 시작했다. 그리고 다행히 여러 가지 절차를 밟고 입학시험과 교장선생님과의 면담을 통해 모든 상황들이 맞아 학교에 입학할 수 있게 되었다.

그렇게 그 이후 2년의 시간을 한국에서 영국 학교도 아닌 미국 국제학교 생활을 다시 시작하게 되었다. 지난 한국학교 생활로 아이들은 쓰기 읽기 말하기의 한국어도 더 완벽하게 구사할 수 있게 되었고 이제는 국제학교에 다니면서 영어 또한 완벽하게 다시 사용할 수 있게 되었다.

한국학교에서의 생활과 문화, 그리고 이번에는 한국이라는 나라 안에서 또 다른 미국 커리큘럼을 바탕으로 한 국제학교 안에서의 생활과 문화 속에서 아이들은 또 쑥쑥 자랐다.

국제학교는 한국 땅 안에서 또 다른 세상이었다.

너무나도 다양한 인종이 다 있었기에 다양한 세상 경험을 한 곳에서 할 수가 있었으며 지금까지와는 또 다른 문화 체험과 경험들을 한국 땅 안에서 배울 수 있게 되었다. 특히 외국인 자녀들과 한국인 자녀들과의 문화와 사고 차이 등에서 나름 보고 느끼면서 본인만의 긍정적인 사고 방향을 확립시키고 올바른 가치관을 가지게 되는 아주 중요한 기회와 시간들이 되었던 것 같다.

이 시기에는 감사하게도 내가 계획했던 것보다 훨씬 더 많은 부분들을 아이들이 많이 경험하고 배우게 되었다. 그 모든 부분들과 경험들이 지금의 아이들에게 어린 시절의 추억거리와 삶의 보약이 되어서 차곡차곡 아이들 기억들과 마음 속에 쌓여 있는 것 같다.

지금 되돌아 생각해 보면 그때 두 아이의 나이가 너무 어리지도 많지도 않은 나이였기 때문에 큰 스트레스와 어려움 없이 잘 적응해 준 것 같다.

"이렇게 아이들은
한국에서 4년을 살면서
감사하게도
한국어 습득뿐만 아니라
한국에서 외할머니, 외할아버지,
이모와 삼촌 그리고 사촌들까지
함께 지내면서 그 무엇과도 바꿀 수 없는
가족 사랑과 추억들을 간직할 수 있었고,

아이들의 사고와 문화, 언어,

심지어 다양한 한국 음식(매운 음식, 여러 음식의

식감과 맛, 그리고 얼큰하고 시원한 국물 맛 등)에 대한 경험을

통해 지금도 같은 부분을 나와 공감하고 그리워하며 영국에서 된장

찌개 하나를 두고 그 맛에 같이 웃고 행복해 할 수 있게 되었다.

아이들과 같이 맛을 제대로 공감하고 즐기는 것이

얼마나 귀한지 모른다.

그 입맛을 좌우하는 나이도 비로 이때인 것 같다.

이 모든 경험들이 한 나라에만 국한되지 않는 다양한 경험을 한

국제적인 사고를 가진 아이들로 키울 수 있게 되는

보석 같은 멋진 기회와 시간들이

되었던 것 같다."

한국식당과 영국식당에서 본 아이들의 식사예절

-공간 분리와 나이에 맞게 아이가 있어야 할 위치 정해주기의
중요성

친정 엄마가 영국에 오셔서 지내실 때 가장 신기해하신 부분이 있었다. 레스토랑을 가면 아이가 어떻게 저렇게 자기 자리에 가만히 잘 앉아 있냐고 하신다. 나도 생각해 보면 한국과 분위기가 많이 다르긴 하다.

영국 레스토랑에서는 아이들이 식당을 돌아다니는 모습도 잘 볼 수 없지만 그걸 돌아다니게 방치하는 부모님의 모습은 더더욱 상상이 안 간다. 말귀를 알아듣기 시작하는 아이들은 자기 자리에 가만히 앉아서 어른들과 이야기를 하면서 식사를 하고 말귀를 못 알아듣는 애기들은 애기 식탁에 앉아서 밥을 먹거나 놀거나 한다. 그것보다 더 어린 갓난아기들은 바구니 같은 카시트 안에서 자고 있다.

이렇게 각각 다른 나이대별 서넛 아이들을 데리고 와서 와인까지 곁들며 스테이크를 썰고 있는 모습도 어렵지 않게 볼 수 있다. 그래서 패밀리 레스토랑에는 아이들이 식사를 한 뒤 심심할 때를 위해 간단한 크레용과 색칠용 그림책을 제공하기도 한다. 요즈음 한국에서는 레스토랑에 가면 어른 따로 아이 따로 핸드폰을 보는 풍경도 많이 보이지만 영국에서는 어른들과 함께 식사를 하는 시간에 핸드폰을 보는 풍경은 거의 찾아볼 수 없다.

그럼 아이들을 가만 앉아있게 하는 무슨 특단의 조치? 들이 있는 걸까.

한국을 가 보면 식당에 아이들 놀이방이 따로 없으면 아이들이 어른들과 조용히 앉아 식사를 하는 부분이 정말 힘들어 보인다. 실제로 식당에 가 보면 뜨거운 음식물이 왔다 갔다 하는데 혼자 돌아다니는 아이들도 있다. 대부분의 식당에는 아이들만의 놀이방이나 게임방이 있고 레스토랑에 도착하자마자 아이들은 당연한 듯 놀이방으로 뛰어간다. 식사가 나오면 허겁지겁 어른부터 먹고 나중에 아이들을 불러 먹이는 모습도 아주 자연스럽다. 우리 오빠 언니들이 조카들을 키울 때 보면 그런 모습들이 아주 당연했다. 그렇게 되니 아이들과 밥을 먹는 것이 전쟁이라는 표현들을 하게 되고 아이들과 함께 식당에서 이런저런 얘기를 하며 밥을 먹는 모습은 너무나도 힘들어 보인다.

당연히 한국 부모님들도 식당에서 나름의 방식으로 식사예절을 가르치실 건데 왜 이렇게 그려지는 모습들이 서로 다를까.

"생각해 보면 어른들이 말씀하셨던 밥상머리 예절이다."

즉, 애기 때부터 집에서 부모님과 함께 하던 식사예절, 때와 장소에 따라 맞는 자기 자리 개념을 집에서 확실히 심어주었냐 안 했는가의 차이인 것 같다.

한국에서는 아이들에게 밥을 먹일 때 어른들과 한 식탁에서 함께 먹기보다는 아이 탁자를 거실 바닥에 놓고 티브이도 켜 놓은 상태에서 밥 한 숟가락 떠먹다가 또 왔다 갔다 하다가 또 밥을 떠먹거나 엄마가 먹이는 모습들이 드라마 속에서도 혹은 주변에서도 아주 심심치 않게 보이긴 하다. 또 놀이를 할 때에도 밥을 먹던 그 거실 바닥이고 공부를 할 때도 밥을 먹던 그 자리이기 쉽다.

한마디로 식사시간은 어른들과 함께 먹으면서 하루의 시작 혹은 마무리의 이야기를 하고 식사예절을 배우는 시간이 아닌 밥을 먹이기 위한 전쟁의 시간이다.

하지만 사실 한국 부모가 예절을 일부러 가르치지 않는 건 아닐 것이다. 사회적 전반적인 문제도 있을 것이다. 요즘 한국을 보면 아이들도 어른들도 너무나도 바쁜 나머지 어른들과 같은 시간에 함께 식탁에 앉아서 식사예절을 배울 수 있는 기회조차 거의 없는 부분도 있는 것 같아 참 안타깝다.

예전 내가 어릴 때를 생각해보면 할아버지 할머니와 함께 식사를 했었고 밥 먹으면서 돌아다니는 건 상상을 할 수가 없었다. 어른들보다 숟가락을 빨리 들어도 주의를 받았고 어리지만 반찬 투정을 하거나 엄마가 먹여주는 것도 상상이 안 간다. 6살 때 젓가락질을 잘 못 한다고 할아버지께 한 소리 꾸중을 들은 서운함과 엄격함의 기억만이 남아있다.

또한, 서양에서는 확실한 공간 분리와 함께 나이에 맞게 아이가 있어야 할 위치가 확실하다.

잘 때는 정해진 시간에 아기 침대와 아기 방에서 잠들기, 놀 때는 허락된 아기 놀이 공간 안에서 놀기, 그리고 밥 먹을 때에는 아주 어릴 때부터 어른들과 함께 아기 의자나 식탁에서 먹기. 그 속에서 아이는 식사할 때, 놀이를 할 때, 공부를 할 때, 잠을 잘 때, 그리고 자동차를 타고 갈 때 확실한 자기 공간 분리와 자기 자리 개념이 확실해진다.

이렇게 공간 분리와 나이에 맞게 아이가 있어야 할 위치를 아주 어릴 때부터 확실히 정해주고 가르쳐주면 아이와 함께 하는 일상 생활의 분위기는 확연히 달라진다. 한 가지를 예를 들자면, 갓 태어난 아기를 데리고 한국과 영국의 교회를 가면 완전 다른 분위기를 볼 수 있다.

로컬 교회를 가면 아기를 품에 안고 예배를 드리는 모습은 거의 찾아볼 수가 없다. 애기들은 자기가 차를 탈 때 앉아서 온 바구니용 애기 카시트 그대로 들고 와서 어른 옆자리에 그대로 둔다. 종종 칭얼거리면 카시트를 살짝 흔들어 주거나 공갈 젖꼭지를 물려주거나 하면서 달랜다.

하지만 한국 교회를 가면 애기들과 함께 어른 예배를 조용히 드리는 모습은 거의 불가능으로 잘 찾아볼 수 없다. 대부분은 애기가 시끄러우니 엄마나 아빠 혹은 애기의 할머니 중 한 사람이 스피커가 들어오는 예배당 한 켠의 다른 공간에서 방바닥에 아기를 눕혀 두거나 안거나 업고 달래면서 예배를 드린다. (애기를 데리고 한국에 가면 엄마가 그렇게 애기를 봐주셨다) 한 마디로 어른 누군가의 희생과 헌신이 필요했다. 그 유리 방안에는 칭얼거리는 아이, 기어 다니는 아이, 그리고 좀 더 큰 서너 살짜리인 시끄럽게 떠드는 아이로 가득하다.

하지만 영국 교회에서는 카시트에 자고 있던 아이가 어느덧 서너 살이 되면 어련히 자연스럽게 어른 옆에 앉아서 함께 목사님 말씀을 듣거나 지겨우면 혼자 그림을 그리면서 가만히 앉아있다. 물론 나중에 아이들만의 모임이 따로 있지만 시작은 어른들과 항상 함께 하게 한다. 한국과는 비교가 되는 모습이었다.

우리 아이도 영국에서 태어난 갓난아기 때부터 한국에 오기 전인 만 8세까지 그렇게 자랐다.

그래서 그런지 한국에서는 아기를 키우면 부모 중 한 명은 아무것도 못 하고 저녁 늦게까지 오로지 한 애기를 위해 헌신 아닌 헌신을 해야 하는 삶을 살아야 하지만 서양에서 아기를 키우면 가정 안에서 그렇게 아이 때문에 아무것도 못 하거나 역할이 달라지는 부분은 거의 없는 것 같다.

집에서 아기 때부터 그 훈련이 계속된다면 당연히 서너 살, 대여섯 살이 되어 레스토랑에 가더라도 어른들과 함께 식사 속도를 맞출 줄도 알고 돌아다니지 않고 어른들과 함께 대화하고 기다리는 식사 예절도 자연스럽게 나올 것이다.

레스토랑뿐만 아니라 누군가의 집에 손님으로 식사 초대를 받았을 때에도 어린아이들을 따로 먹이는 것이 아니라 어른들과 다 함께 한 식탁에서 식사를 하게 한 뒤 어른들이 차를 마시면서 얘기할 때 아이들은 자연스럽게 어른들에게 친구랑 방에 가서 놀아도 되냐는 양해를 구하던지 아니면 어른들이 밥 먹었으니 이제 방에 가서 놀아도 된다고 하면 아이들끼리 놀게 된다. 중요한 부분은 어디를 가던지 아이들도 어른들과 함께 얘기하고 함께 식사 시간을 즐길 수 있게 한다.

거기서 배우는 부분은 단지 식사예절뿐 만은 아닐 것이다.

레스토랑에서의 식사예절 차이.

개인적인 생각은 전세계 아이들은 다 똑같다.

단지 어떤 환경 속에서 어떻게 가르치고 키우냐의 차이이다.

물론 한국도 영국도 가정마다 다 분위기가 다를 것이다.

단지 애기 때부터 어른들과 함께 하면서 기다림, 대화 등의 식사예절을 가르치고 또 항상 때와 상황에 맞는 자기 공간의 분리를 집에서부터 잘 적응시키고 배우게 하는 부분은 참 중요한 것 같다.

식사예절은 하루아침에 되는 것이 아니다.

비단 영국뿐만 아니라 대부분의 서양 국가에서는 2~3살 때부터 혹독한 식사예절을 가르친다고 한다.

먼저,

음식 준비하는 일에 동참을 시킨다.

-수저라도 놓으면서 돕기, 원하는 음식 막 집어가지 않기(please 하기), 음식 투정을 하거나 쩝쩝 소리 내어 먹지 않기, 먹고 나서 식당에서는 웨이터에게 집에서는 준비한 가족에게 꼭 감사하다는 인사와 함께 집에서는 자기 그릇 싱크대에 두기 등.-

이렇게 하면 자연스레 아이는 일상 대화를 즐겁게 함께 나누면서 듣고 자기 생각을 말하는 법을 배우고 누군가의 희생에 대한 감사, 배려, 매너를 배우게 된다.

이러한 어릴 때의 식사예절은
단순히 거기에만 그치는 것이 아니라,
배려와 나눔, 그리고 감사가 몸에 밴 '
아주 멋진 매너를 가진 어른으로
자라게 할 것이다.

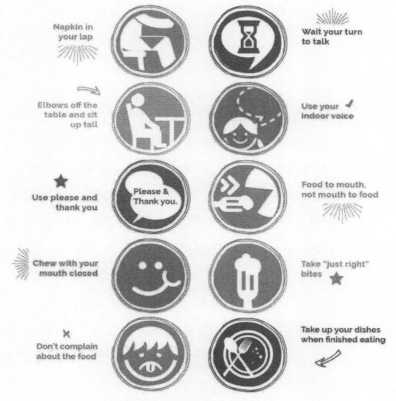

Napkin in your lap

Wait your turn to talk

Elbows off the table and sit up tall

Use your indoor voice

Use please and thank you

Please & Thank you.

Food to mouth, not mouth to food

Chew with your mouth closed

Take "just right" bites

Don't complain about the food

Take up your dishes when finished eating

아이들에게 열 가지 식사예절 가르치기

영국에 다시 돌아와서-사춘기의 시작

아이들이 만 8세와 만 5세가 되던 해에 한국어를 익히기 위한 한국행을 결정했고 1년을 계획했던 한국에서의 생활은 어쩌다 보니 2년간의 한국학교 그리고 또 2년간의 국제학교를 거쳐서 4년이라는 시간이 흘러 버렸다. 이제는 이제 더 이상 한국에서 지내게 되면 영국 학교 적응이 너무 힘들어질 것 같다는 생각에 모든 걸 다 접고 다시 영국으로 돌아오게 되었다.

한국에서의 4년은 정말 많은 일들과 변화들이 많았는데 내가 살던 동네로 돌아와 보니 타임머신을 타고 잠시 한국에 다녀온 기분이 들었다. 심지어 이웃집의 자동차도 그대로였고 앞집 옆집 꽃나무도, 잔디밭도 주변 동네 분위기도 그대로였다.
한국과 영국에서의 시간은 꼭 다르게만 흐르고 있었다는 기분까지 들게 했다. 달라진 건 우리 아이들의 키와 동네 아이들의 키뿐이란 생각이 들었다.

아기 같았던 아이들은 4년이란 시간 동안 키도 생각도 훌쩍 커 버렸다. 영국에 돌아오고 나니 아이들은 만 12세와 만 9세가 되었다. 영국에서 큰 아이는 이제 중학생 나이가 되었고 작은 아이는 영국 초등학교 5학년 나이가 되었다.

갑자기 부쩍 큰 아이들에 비해 엄마가 같이 잘 따라가고 적응하지 못할 정도로 아이들은 생각도 키도 많이 자랐고 난 많은 시행착오를 겪으며 아이들과 나란히 옆자리.. 아니, 이제 그 뒤를 따라가기에도 벅찼다.

남자아이였던 큰 아이는 크게 반항을 한 적은 없었다. 하지만 지금 시간이 흘러서 내가 망각을 한 것이고 분명 아이의 행동과 말 한마디에 가슴이 미어지듯 아팠던 기억들은 있었을 것이다.

하지만 무엇보다 감사한 건 '아이가 어릴 때 한국말을 잘할 줄 모르니 사춘기가 되면 엄마의 잔소리에 못 알아듣는 영어로 중얼거리며 문을 쾅 닫을 것'이라고 걱정했던 일은 없었다.

언어소통의 어려움으로 그토록 걱정했던 일은 다행히 없었다.

집에서는 나의 바람대로 적어도 엄마와는 한국말로 대화를 하였고 (이젠 서로 영어를 쓰는 것 자체가 어색해졌다) 그리고 서로 반 농담으로 대꾸도 해 봤자 영어가 아닌 한국어로 하게 되니 한국말로는 내가 어쨌든 절대 지지 않으니 엄마의 권위 아닌 권위? 가 세워졌다. 아~~ 주 흐뭇하다.

거의 모든 유럽 국가들이 그렇듯 시내가 아닌 조용한 주택가는 분위기가 다 비슷할 것이다. 특히 우리가 살고 있던 동네가 꽤 시골이라 반항을 한다고 해도 집을 나가서 자동차가 없이는 딱히 갈 곳도 없을뿐더러 시내를 간다고 해도 오후 5시가 되면 거의 모든 상점들이 문을 닫아버리고 아이들끼리 놀 수 있는 곳도 딱히 없다. 그러니 화가 나서 집을 나가도(딱히 나간 적은 없지만) 집들과 잔디밭 뿐, 춥고 비도 추적추적 와서 10분도 채 안 되어 들어오게 될 거니 그 부분은 아주 아주 감사하게 생각한다.

내가 가슴이 아팠던 큰 애의 사춘기 시절 반항은 엄마가 부르면 딱히 말은 안 해도 왜 부르느냐는 식으로 엄마를 쳐다보는 귀찮아하는 그 눈 빛, 그리고 방 문을 두드린 뒤 잠시 얘기하자고 문을 열고 무슨 말을 하려 하면.. 한숨부터 쉬고
" 왜, 엄마.. 무슨 일인데?"
하던 그 눈빛에 그냥 방문을 닫아준 뒤 가슴이 좌악.. 심장이 쪼여들 듯 아파오던 순간들이었다.
어릴 때 내 팔 베개를 하고 책을 읽어주면 "엄마 사랑해" 하면서 "난 엄마랑 평생 살 거야"라고 했던 그 사랑스럽고 귀여운 유년기의 아이가 사라지는 것 같아 얼마나 슬프던지.

그때마다 나 또한 아이와 함께 성숙해져야 했다.

그래서, 정말 버릇도 이유도 없이 짜증 냈던 날은 기다려 줬고, 그러다 보면 본인도 엄마한테 버릇없이 잘 못 한 걸 알기에 조금 시간이 지나면 슬슬 농담을 하며 다가오려는 순간들이 생긴다. 그러면 그때는 아침에 화가 났던 나의 모든 감정을 아이에게 다시 풀지 말고, 아주 간단하게 말해주었다.

"너 알지?"

딱 한마디만.

그러면 아이가 좀 미안해하는 기색을 보이게 되고 그때는 그냥 따지지 말고 너무 혼내지도 말고

"앞으로는 그러지 마. 그리고 다 잘할 거야."

정도로만 마무리해 주었다.

내가 항상 스스로 기억했던 말..

자식 때문에 마음이 아플 때마다 이렇게 생각만 하자.

"그래, 난 이모.

딱 이모 같은 존재만 되자"

이모 같은 존재가 되면 엄마로서의 자식에 대한 기대감이 줄어드니 더 잘 이해하고 자식에도 큰 선을 넘지 않으며 친절하게 대하고 칭찬을 많이 해 줄 수 있기 때문이다.

아이가 어느 날 나에게 말을 해 주었다.

"엄마 나 지난 5년간 학교를 몇 번을 옮긴 줄 알아?

"몇 번인데?"

"5번째야. "

영국초등학교-한국초등학교- 국제학교- 영국에 돌아와서 들어가고자 했던 학교에 자리가 없어서 웨이팅 리스트 넣어두고 집 근처 세컨더리 학교에 3개월- 그리고 영국 그래머 스쿨.

"그래 그러고 보니 맞네. "

"그래서 많이 힘들었지?"

"아니야.. 단지3개월 있던 학교에 엄마가 이 학교에는 얼마 안 있을 거라고 교장선생님께서 주신 남이 입던 아주 큰 교복 입게 하고 제대로 안 사줘서 힘들었지만 나름 재미있었어."

하고 농담으로 넘긴다.

어느덧 자라서 의젓하게 얘기해 주는 아이가 너무 대견하다. 한국말 하나 못 하는데 하루 종일 한국말로 공부를 해야 하는 학교에 엄마가 한국에 가자마자 집어넣어 버리고 얼마나 힘들었을까. 여기 와서도 영국에서 친했던 초등학교 친구는 다 자라서 어색해져 버리고 또 새로운 학교에서 새롭게 적응했어야 하는데 얼마나 힘들었을까..

"엄마가 네 맘 다 알아.

사랑해.

그리고 잘 자라줘서 고마워."

내가 아이들에게 해 줄 수 있는 건 빅 허그, 그 뿐이었다.

외국에서 아이를 키운다는 것-
동양과 서양의 문화 차이 인식시키기

언젠가 뉴스에서 본 적이 있다.

http://naver.me/G2HmjSmI

"10살 딸 목욕 이시켰다고…中 노동자 남성 美 경찰에 사살"

몇 년 전의 뉴스였지만 참 마음이 아프다. 동양적인 문화에서는 충분히 있을 듯한 일인데 서양에서는 절대 받아들여지지 않는 문화이다.

이렇듯 사회의 지나친 개입이 안타까운 결과로 이어지는 좀 민감한 부분도 없지 않다.

실제로 이 사건은 미국이 아니었다면 전혀 문제시되지 않았을지도 모른다. 중국인 싱글 아빠가 여자아이를 애기 때부터 홀로 키우다 보니 거의 열 살이 되어가는 딸아이인데도 자연스럽게 어릴 때부터 목욕을 할 때 도와주게 되었고 딸도 아빠도 별로 민감하게 신경을 쓰지 않았을 것이다. 학교에서 우연히 아직 아빠가 목욕을 도와준다는 딸의 발언을 이상히 여긴 담임 선생님의 신고로 경찰이 집에 들이닥치게 되었다. (여기까지는 영국도 가능할 것 같다) 동양적인 문화에서는 아빠가 홀로 딸아이를 애기 때부터 키워오다 보니 그때도 아빠에게는 딸이 애기였고 또 자연스럽게 그렇게 되어왔을 거고 영 이해가 안 가는 부분은 아니지만 서양문화에서는 정말 상상을 못 할 부분일 것이다.

그런데 그 사이 재판의 결과가 좀 잔인하다. 아내 없이 중국인 노동자 아빠 혼자 아이를 키웠다는 건데.. 목욕을 한다는 부분에서도 변호인 측에서 통역사를 두면서 조금만 문화 차이를 어필해주고 목욕을 시킨다는 부분도 아이가 힘들어하는 부분을 도와준다는 정도로 이해를 좀 시킬 수 없었을까...(같이 하면서 몸을 아빠가 닦아주었다는 부분과 많은 의미의 차이가 있을 수 있으니..)

기사만 봐서는 잘 모르겠지만 결론은 아빠한테 아이를 맡길 수 없다 판단되었고 양부모한테 보내어야 한다는 판결이 났다.

그런데 아이를 데려가는 날 아빠는 하필 식칼로 난동을 부렸고 미국법에서는 경찰에게 무기를 들고 저항하면 정당방위로 총을 사용할 수가 있으니 쏘게 되었고 결국 사망.. 이 부분도 정당방위라 하지만 꼭 사살을 시켜야 했나... 그리고 아빠는 하필 식칼을 들고 그러셨나.. 좀 더 현명한 방법이 분명 또 있었을 건데.

어쨌든 그때도 그랬고 지금 다시 봐도 참 안타까운 사건이다.

이 사건에 대해 영국에서 태어나 자란 현지인 사고를 지닌? 남편에게 물어봤다. 이 뉴스에 대해서 어떻게 생각하냐고..

-"당연 10살 딸과의 목욕은 상상할 수 없지.."

"근데 애기 때 아빠들이 기저귀 갈고 씻기고 하잖아.. 그럼 몇 살 때 이후로 안 되는 거야?"

-"음... 정확한 나이는 모르겠는데 기저귀 떼고? 농담이고 아이가 스스로 씻을 줄 아는 나이? 조금 부족하면 그때는 엄마가 도와주는 게 일반이고.."

"그럼 이 중국인 아저씨처럼 엄마 없으면?"

-"혼자 할 수 있는 10살이잖아!! (10살은 정말 아니다는 표정).. 만약 물 조절 안 되어 힘들어하면 도와주거나 샴푸 같은 게 안 열려 아이 혼자 힘들어하면 아빠가 옷 입고 잠시 도와주겠지... 같이는 좀.... " 그러게....

나도 이 정도는 공감한다. 하기야, 이번에 딸이 열 살이 거의 다 되다 보니 딸 스스로도 아빠와 목욕은 절대 안 하려고 할 것 같고 그건 상상이 안 간다. 그러고 보면 우리 가정도 자연스레 어느 순간 커 가면서 혼자 샤워를 한 거 같다. 그게 만 5세 정도였나??? 언젠가 한국에서 수영장에 가서 나오면서 나의 도움 없이 혼자 샤워했다고 좋아한 그때부터인 듯..

'아동학대…'

참 무겁고 가슴이 먹먹해 오고 아픈 부분이다.

한국에서도 종종 아동학대로 나오는 뉴스들을 보면서 정말 어떻게 부모가… 라는 생각을 많이 하게 된다. 어느 나라나 마찬가지이지만 특히나 영국은 싱글 엄마나 결혼하지 않은 파트너와 살고 있는 가족, 그리고 새아빠 새엄마 등 다양한 가족이 많다. 거기서 아이들이 맞이하는 낯선 가족과 환경 그리고 놓여지는 사각지대 등 정말 케어가 필요한 부분들이 생기게 될 것이다.

단지 한국과 다른 부분이 있다면 아이들의 학대 부분을 가정과 주변 이웃만이 아닌 사회적인 측면에서 더 관심을 가지고 있는 부분이다. 한국에서는 아직도 아동학대 부분에서의 신고는 주변 이웃이 아닌 아동이 직접 하는 부분은 드물 것이다.

하지만 영국에서는 만 10세가 되기 전에 본인이 가정에서 학대당하고 있다고 생각이 들면 신고를 하도록 교육시키고 있다.

바로 NSPPC(Speak out stay safe programme)이다.

한국에서도 요즈음 비슷한 교육을 하고 있다고 들었다. 하지만 아직 학교에서 자기를 스스로 지킨다는 이런 부분의 교육은 확실히 아직 좀 미흡한 것 같다. 영국에서 교육을 받는 아이들을 보면서 느낀 건 태어나자마자 한 아이의 존재는 나의 소유물이 아닌 사회가 함께 키우고 책임져 주는 부분이 확실히 있구나 하는 부분이었다. 학교에서 어린 나이 때부터 가정 속에서 소외되고 힘들어하는 아이들을 보호하기 위해 자연스럽게 그런 부분들을 교육하고 아이들도 어른과 사회로부터 자신의 보호받을 권리를 당당하게 요구할 수 있도록 교육하는 부분에서 정말 선진국이구나 하는 점을 깨닫게 된다.

하지만 여기에는,
동양적인 문화와 서양적인 문화의 차이도 분명히 있다.
그래서 동양의 문화를 가진 가정에서 자란 아이들이 서양 학교에 다니면서 부딪히는 크고 작은 문화 차이로 고민을 하게 되는 아이들도 분명히 있을 것이다. 이러한 부분을 부모가 바르게 가르쳐주고 이해시켜주고 다름을 또 다른 장점과 강점으로 이끌어주는 부분이 아주 아주 중요하다고 생각한다.

동양에서는 교육을 위해 가정에서 체벌도 어느 정도 허용해 주는 문화가 있다.
실제로 아이들이 어릴 때는 나도 '사랑의 매'라고 적은 막대기를 준비해 두고 아이들을 교육시키곤 했었다. 물론 그 매를 사용한 적은 거의 없지만 올바른 교육을 위해 가르치고 훈육을 하는 부분에서 전혀 이상하지 않았다. 하지만 서양에서는 확실히 민감하게 느껴질 수도 있는 부분이라 생각했다.

기사와 비슷한 나이가 된 9살 딸아이의 육아를 또 다시 새로 시작해야 하나..

"영국에서 동양적인 문화와 서양적인
문화 차이를 어떻게 바르게 이해시키고
올바른 기준을 가지게 할까.

외국에서 아이를 잘 키우려면
어떻게 해야 하는 걸까."

이런저런 많은 생각이 든다.

학교에서 배우는 부모 신고하기-NSPPC교육

지난주에 학교에서 안내문이 날아왔고 오늘 학교에서 아이를 위한 교육이 있다고 들었다.

아이를 위한 정말 좋은 교육이구나.. 그냥 그렇게 생각했다.

NSPCC (Speak out Stay Safe Programme)

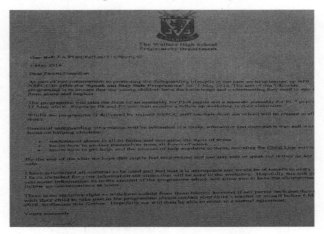

NSPPC 교육을 하겠다는 학교 통지문

따돌림. .정신적 학대..성적학대..

걱정하지 말고 용기 내어 전화하라는...

speak out stay safe!

아이가 받아온 종이를 보니 뭔가 후들후들해진다.

내 자식인데 왠지 이 조심스러워지는 부담감은 뭐지?

학교에 픽업을 가서 아이를 데리고 오면서 차 안에서 물어보았다.

"오늘 그 교육했지? 어땠니?"

"응 엄마 오늘 많이 배웠어. 내가 집에서 엄마한테 하기 힘든 이야기나 고민이 있으면 ~080* **11~로 전화해서 언제든지 얘기하랬어... (그리고는 그 번호를 외우도록 노래와 율동으로 배운 걸 자랑하듯이 보여준다)" 그리고 (엄마한테 하기 힘든 고민 얘기를 왜 남한테 해?. 이런 생각을 하는데)

"그리고 엄마.. 오늘 비디오도 보여줬어. 어떤 아이가 있었는데 엄마는 아이 신경도 안 쓰고 그리고 아빠랑 엄마는 매일 싸우고 아빠도 소리만 지르고..아이를 사랑하지 않는 엄마 아빠 같았어. 그런데 그 아이가 용기 내어서 이 번호에 전화했는데 마지막 비디오 장면이 새로운? 엄마 아빠랑 행복하게 살면서 환하게 웃는 장면이야.. "

"맞아? (속으론 조금 헉.. 했다. 엄마 아빠가 애를 막 때리고 학대를 한 것도 아니고 부부싸움을 할 뿐인데...) 엄마는 안 봐서 잘 모르겠는데 넌 그 비디오 보니 그 여자아이 엄마 아빠가 아이를 막 미워하고 전혀 사랑하지 않는 것 같았어? "

"몰라... 근데 마지막엔 어쨌든 행복하게 웃었어"

"(그래 그건 그렇다 치자..) 근데 ㅇㅇ야.. 넌 엄마한테 못 할 얘기.. 비밀이 있어?"

(그러자 기다렸다는 듯이)

"응.. 엄마는 내가 저번에 릴리 (울 집 애완견) 똥 밟고 울었을 때 그걸 이모한테 통화하면서 웃으면서 다 말하고 나중에 ㅇㅇ(친한 언 니 딸. 동갑내기 친구다) 이도 다 알게 되어서... 나한테 너 똥 밟아서 울었냐고 웃고.. 나중엔 다른 주변 친구들까지 다 알게 되고... 얼마 나 창피했는데..나 이제 다시는 엄마한테 얘기 안 할 거야. 엄마는 딸이 마음 아프고 부끄럽고 슬픈 얘기를 다른 사람한테 다 해 버리 잖아."

"ㅇㅇ야.. 그건 그냥 재미있는 사건이고 전혀 부끄러운 게 아니잖 아. 그래서 엄마가 얘기한 거고..근데 어쨌든 그걸로 네 기분이 안 좋았다면 엄마가 미안해. 앞으로는 이런 얘기는 남한테 하지 말아 달라고 비밀이라고 해 주면 엄마가 절대로 말하지 않을게"

"엄마는 딸 마음도 몰라....

그래서 이제는 이 번호로 전화해서 고민 얘기할 거야.."

(....)

"음.... ㅇㅇ야, 거기 번호로 전화하면 어떤 곳인지는 알아? "

"안 그래도 내가 시넬(학교에서 친한 친구)한테 물어봤는데.. 시 넬이 그러는데 만약 자기 엄마가 자기 언니를 때렸는데.. 거기다 전 화하면 경찰이 집에 온대!!"

...

여기서 문화의 차이가 확 느껴진다.

영국에서 태어나서 자라는 것이..

이런 부분의 교육에서 어떻게 내가 해 줘야 할까...?

그리고 이런 부분에서 좀 사고를 확실히 정리시켜 줘야 한다는 생각이 들었다.

그래서 아이에게 좀 충격적일지라도 같은 또래였던 -중국 아빠 사건 이야기-를 들려주었다.

딸아이는 꽤 충격 받은 듯했다.

그리고 이해가 안 가는 듯 묻는다.

"그럼... 엄마.. 그 애가 난 아빠랑 살고 싶고 양부모한테 가기 싫다고 하면 되잖아"

"그래도 미국이나 영국에서는 그 정황이 확실하고 그런 육아를 시키는 아빠가 부모로 적합하지 않다고 판단이 나면 어쩔 수 없어 "

그리고 내친김에 설명을 해 주었다.

"한국과 영국은 문화가 많이 달라.

아시아 나라에서는 사랑과 교육으로 여겨지는 부분들이 서양에서는 안 받아들여지는 문화도 있어."

---인터넷 뉴스에서 보면---

-누구누구 연예인이 미국에서 힘들게 벌어서 아이를 유학시키고 했더니 아이를 집에서 좀 심하게 야단친 걸로 나중에 아이가 아빠를 신고한 사건...

-그리고 앞에서 다룬 중국인 아빠의 비극 이야기..

-한국 할머니가 작은 꼬마 남자아이 중요부위를 보고 귀엽다고 '**따야지..' 하다가 신고 당한 사건.

-엄마가 사고로 죽은 딸을 보고 너무 충격 받은 나머지 스스로 딸이 죽은 게 "내 탓이야.. 다 내 탓이야.."하고 통곡하다가 그 말이 딸을 죽인 범인의 자백으로 받아들여져 감옥 간 일...등.

이렇듯 동양과 서양의 인식 차이에서 발생한 사건사고들이 우리 주변에는 참 많았다.

아이들은 그냥 보이는 사실만 얘기를 했을 뿐인데 그것이 서양 국가에서는 서로 다른 사고와 문화와는 상관 없이 절대 받아들여지지 않는 부분들이 있다.

이제는 이 부분들을 아이들에게 제대로 인식을 시켜 놓지 않으면 뉴스에서 나올 듯 한 황당한 사건들이 나에게도 닥칠 수 있겠다는 생각까지 든다. 그래서 말도 안 되게 자식에게 고소? 당하기 전에 바르게 교육시켜야겠다고 단단히 다짐한다.

나도 오랫동안 영국에서 두 아이를 낳고 오랫동안 살면서 여기서 교육을 시키고 듣고 느끼고 보고 하다 보니, 한국에 있는 가족이나 친구들, 혹은 한국 인터넷을 보면 또 한국인들이 가지고 있는 사고와는 조금 다를 때가 많았다.

하지만 기본적인 '동양적인 정과 사랑'은 가르쳐 주고 싶었다.

물론 서양의 이런 교육이 이해 안 가는 건 아니다. 영국만 봐도 장애인이나 어린아이를 성적으로 대하거나 학대하거나 하는 이슈에 대해서는 아주 아주 엄격하다. 그리고 그래야 한다.

한국에서 요 근래에 자식을 죽이고 방치하는 말도 안 되는 뉴스를 접하면서 마음이 너무너무 아팠다. 한국은 아니, 대체적으로 동양 국가들은 자식을 자기 소유물인양? 대하는 부분이 확실히 큰 것 같았다.

어쨌든 오늘 딸에게 확실히 심겨줘야겠다.

-교육(훈계)이냐 학대냐..
"ㅇㅇ야, 잘 들어~~~

아까 네가 시넬 언니 얘기했잖아."

"네 생각엔 시넬 엄마가 언니를 때렸다면 사랑은 하는데 언니가 너무 말 안 들어 때린 -교육-이라 생각하니 아님 -학대-라 생각하냐 하니?"

"엄마..'학대'가 뭐야?"(아.. 외국에서 아이 키우기 힘든 하나 더.. 언어!! 한국말을 익히고 해도 가끔 한국말 단어는 너무 어렵다!!)

"응... 학대라는 건... abuse야. 예를 들어 시넬 엄마가 시넬 언니를 사랑하지도 않고 미워서 막 구박하고 수시로 때리는 거야. 신데렐라 새엄마보다 더 나쁘게.."

"어쨌든 넌 시넬 엄마가 교육적으로 가르쳐 주려고 혼냈다고 생각하니 학대한 거라 생각하니?

"당연 교육이겠지. 시넬 엄마는 아이들 매일 학교도 데려다 주고 수영도 가르쳐 주는데..!" (네 엄마인 나도 매일 그런다 이것아...)

"그래. 그럼 절대로 리포트 하면 안 돼!!"

일일이 하나하나 구분 지어서 설명해 준다..

그리고 있잖아.

"세상에 부모만큼 널 사랑하는 사람은 없단다."

"하지만 세상에는 정말 정신적으로 아픈 이상한 엄마 아빠들이 가끔 있어서, 자기 아이인데도 불구하고 참 나쁘게 대하고 힘들게 아이를 놔두는.. 정말 학대? 하는 부모들이 있단다. 그래서 그런 부모님한테서 자라는 불쌍한 아이들을 보호하기 위해 열심히 일하는 사람들이 있어. 그곳이 네가 오늘 전화번호 외운 곳 같은 데야."

"하지만 너희 엄마 아빠는 가끔 화낼 때도 있지만 널 영원히 사랑한다는 사실은 절대 변하지 않아. 네가 그걸 알면 우리는 문화가 다르기 때문에 항상 speak out 하는 부분은 조금 조심해야 한단다."

…(어렵나? 이해할까?... 가만히.. 꽤 신중히 듣고 있다..)

특히,

"우리 가정 얘기랑 상관없는 얘기, 예를 들면 네가 엄마한테 하기 싫은 친구와의 고민 이야기나 학교에서 힘든 일.. 공부.. 미래의 꿈..

이런 건 괜찮아. 하지만 우리 식구들에 대해서 바깥에서 얘기할 땐 항상 신중하고 조심해야 해. 그리고 웬만하면 엄마는 네가 엄마한테 고민도 다 얘기하고 그랬으면 좋겠어"

우리는 "다문화"이지만 반은 한국 문화의 가정이고 서양과는 다른 '정'을 중요시하며.... 주절주절......

엄마는 가족끼리 하나 되고 위해주고 서로 보호해주고 같이 고민하고 해결했으면 좋겠다는 등등... 말이 길어진다.

"어쨌든 너희들이 그 정과 사랑을 알고 자랐으면 좋겠어."

"그럼, 엄마가 저번에 네가 너무 못 되게 굴어서 '사랑의 매?'로 손바닥 한 대 때린 적 있지?(나도 아이는 절대로 때리면 안 된다는 생각이지만 손바닥 한 번 때린 게 영 찜찜해온다) 그때 그건 교육이라 생각해 학대라 생각해?"

"교육..." (오~~~ 이해한다. 학습의 효과가 있다!!)

"그래 맞아. 이제 알겠지? 그런데 네가 선생님이나 아님 여기에다 전화해서 엄마가 때렸다고만 리포트 하면 안 되는 거야. 영국은 때리면 안 되거든. 그런데 한국문화에서는 정말 자식을 사랑하는 마음으로 바른 교육을 위해서 그렇게 야단칠 수 있는 거야. 그냥 방식이 다른 거야.. "

(그리고 속으로 생각한다.... 구차하지만 이제 교육상이라도 절대 다시 매를 대면 안 되겠다.....)

"나중에 나도 내 딸 태어나서 때리면 안 되는 거야? "

"그때는 네 나름대로 옳다 생각하는 교육방식을 새로 세우렴. 그런데 가능한 한 때리지 않고 교육 하는 게 맞는 방식이고 때리는 게 좋은 건 아냐. 말로 하는 게 제일 좋고 영국도 학교나 집에서 아이들을 가르칠 때 잘못하면 "-생각하는 의자- " 같은 거 만들어서 아이를 반성하게 하잖아."

"그리고 훈육을 하는 방식에서 부모가 자식이 바르게 되라고 때리는 건 성경책에도 괜찮다고 나와 있어..."

 "영국은 크리스천 나라잖아?

 그런데 왜 성경말씀대로 안 해?"

 "....."

(사랑하는 자식 매로 다스리라는 구절은 어디서 봤나 보다)

"어쨌든, 기억해!!"

"교육이냐 학대냐?.. 알았지?"

        "외국에서 자녀를 키운다는 것..

     문화 차이를 바르게 인식시켜 준다는 것..."

힘들다.

그때 그 장황한 토론 이후로 요즈음엔 슬슬 장난까지 친다.

"그러니 엄마, 여긴 영국이니까 이제 나 말 안 듣는다고 등짝 때리기만 해? 나 신고할 거야"

이런 말을 이제 농담으로 하게 된 아이들은 생각보다 많이 자랐고 문화 차이를 이해하는 모습을 보면서 난 장난으로 등짝 한 대를 때린다.

"그래 신고해~~ 다른 영국 부모님 집에서 잘 살아!

대신 이제 엄마가 해 주는 떡볶이도 잡채도 김밥도 못 먹을 줄 알아!"

이렇게 아이들이 영국에서 무럭무럭 자란 우리 아이들은 지금 어느덧 첫째는 대학 입학을 하고, 둘째 딸은 GCSE 시험 중이다.

그리고 아직도 말 안 들으면 등짝 스매싱을 당하면서 아주 잘 자라고 있다.

1등이 아니라도 괜찮아

한국과 영국 교육의 가장 큰 차이점은 바로 '경쟁'이 아닌가 싶다. 한국은 정말 경쟁이 심한 나라 같다.

나도 한국에 살 때는 잘 못 느끼고 당연히 모두가 그러려니 했는데 영국에 오랫동안 살다 보니 정말 어릴 때부터 시작해서 죽을 때까지 비교와 경쟁 속에서 사는 것 같아 너무 안타깝다.

요즈음은 많이 나아졌다고 들었는데 내가 학교 다닐 때에는 시험을 치고 나면 1등부터 50등까지 아이들에게 줄을 세우고 등수를 매겼었다. 정말 지금 생각해 보면 성적 하나로 아이들을 판단하고 등수를 매긴다는 것, 너무나도 잔인하다.

그 때는 당연한 줄 알았는데 상상할 수가 없는 짓이다.

아이들마다 잘하는 부분이 다 다른데 어떻게 그렇게 할 수가 있는지. 더구나 중학교와 고등학교 때에는 선생님께서 1등부터 꼴찌까지 줄을 세워두고 책상에 앉는 자리까지 그 순서대로 앉게 하신 선생님도 계셨다. 정말 지금 그랬다가는 뉴스에 크게 나올 일이다.

요즈음은 한국도 성적표에 몇 등이라고 나오는 부분도 없어지고 예전 같지 않은 모습들을 보면서 다행이라 싶지만 그 안에서의 또 다른 방식으로의 경쟁심을 부추기는 모습은 예전이나 지금이나 더 심하면 심했지 덜 하지는 않은 것 같다.

첫째 아이가 영국에서 primary1학년이었을 때 인상 깊었던 부분이 있었다.

수학 시간에는 자기는 바나나이고 영어 수업 시간에는 사과라고 한다. (그 당시에는 잘 몰랐는데 알고 보니 그게 수준별 그룹 이름이었다) 그리고 매일 숙제로 책 읽기를 해야 하는데 한 번은 친구랑 같이 집으로 놀러 왔길래 같이 숙제를 시킨 적이 있었다. 그런데 학교에서 보내온 책을 보니 아이의 친구 책은 우리 아이가 벌써 다 읽은 책이었다. 읽기 숙제가 다르다는 건 아이를 학교에 보내고 일 년 정도나 지나서 알게 되었다. 그 부분에 민감하게 신경을 쓰는 부모님들도 없었고 엄마들도 만나면 딱히 그런 얘기를 안 했길래 영국에서 교육받은 적도 없었던 나로서는 첫 아이를 학교에 한참 보내면서도 정말 몰랐었다.

한 번은 아이에게

"스튜어트 책은 왜 네꺼랑 달라?"

하고 물었을 때 아이의 대답은 의외였다.

"스튜어트는 영어 리딩은 자기보다 조금 못 하는데 달리기는 훨씬 잘해"라는 거다.

난 스튜어트가 못 하는 것도 말하지 않았고 잘하는 부분이 뭔지도 딱히 묻지 않았었는데 아이는 내가 물어보는 의도를 다 알고 대답하듯 한 모습에 어른으로써 너무나 부끄러워졌다. 아이의 친구와 은근 서로 비교하고 내 자식이 잘하는 그룹일까 못하는 그룹일까 생각하는 모습에 '역시나 나도 한국 엄마구나..' 느끼게 되었다.

영국 엄마들은 아이의 있는 그대로를 인정해 준다.

항상 아이의 장점을 칭찬해주고 기다려주며 어느 한 부분이 못 하는 그룹에 속해 있다고 해도 기분 나빠하거나 또 안달을 내는 부분도 딱히 없다. 그리고 부모님뿐만 아니라 선생님도 아이들이 서로 잘하고 못하는 부분을 존중해 주고 쓸데없는 경쟁심을 서로 가지지 않도록 하는 영국의 교육이 너무나 마음에 들었다.

이번엔 둘째 딸아이가 1학년이었을 때 이야기이다.

알파벳을 배우기 시작하면서 동시에 단어를 배우기 시작했다.

CAT(크아트=캣), BAT(브아트=밧)이라고 읽어야 하는데 '크아트'로는 잘 읽는데 '캣'은 안 나오는 것이었다. 숙제였는데 너무나 못 읽어서 다그치기도 하고 솔직히 너무 답답한 나머지 등짝도 한 대 때려서 울렸다. 하루는 선생님과 상담 날이 되어서 아이에 대해서 상담하면서 이 부분을 고민했었다.(등짝 때려서 울렸다는 말은 절대 안 했다. 하면 큰일 난다.) 갑자기 선생님께서는 내 손을 잡으셨다. 연세가 지긋하신 할머니 선생님이셨는데 천천히 이렇게 말씀을 하신다.

"어머님, 절대 아이를 다그치면 안 됩니다. 아이마다 뇌 속에서 체계가 잡히는 속도가 다 달라요. 그런데 그걸 다그치게 되면 그 능력을 파괴시키는 게 됩니다. 차라리 아이가 힘들어하면 숙제를 하나도 안 해 와도 되어요. 그리고 제가 약속합니다. 제시카는 한 달 안에 무조건 잘 읽을 거예요. 그냥 어머님은 숙제를 시키지 마시고 그냥 옆에서 격려하고 칭찬만 해 주세요 "

그 순간 뭔가 마음이 뜨거워져오면서 눈물이 글썽거려졌다. 자식이 남보다 항상 잘했으면 좋겠다는 욕심을 가진 초보 엄마의 모습을 그대로 읽으시며 또 나의 마음까지 이해해 주시는 부분에 너무나도 내 자신이 부끄러워졌다. 그리고 그냥 옆에서 지켜보기만 하라는 말씀이 감동스럽고 감사했다.

내가 가르치면 안달 내고 아이를 다그칠 거라 짐작하셨는지 숙제를 시키지 않아도 된다고 하신 게 좀 부끄럽긴 했지만.

그리고 실제로 내가 다그치고 가르치지 않으니 아이는 진짜 한 달도 안 되어서 읽기에 전혀 문제가 없이 아주 잘 따라갔다. 이러한 '경쟁'에 대한 마인드는 중학교 고등학교를 가도 많이 달라지지 않았다.

한국처럼 전과목을 잘하지 않아도 되는 교육시스템이라 중학교를 들어가면 첫 두 해에는 전과목을 공부해 보고 고등학교 들어가기 전 GCSE 학년이 되면 과목 선택을 하기 시작한다.(보통 9과목 정도) 그리고 GCSE시험을 통과해서 고등학생 나이가 되면 대학에 들어가기 위해 AS 레벨과 A레벨 시험을 치르는 입시생이 된다. 그 때에는 본인이 잘하는 과목 딱 서너 과목만 배우게 된다. 사람마다 잘하는 부분도 못하는 부분도 다 다른데 이렇게 몇 과목만 깊게 들어가니 정말 본인이 관심이 있는 공부만을 하게 되고 더 집중할 수 있게 되는 것 같다. 그래서 고등학교 과정인데도 본인이 선택한 과목들은 정말 깊게 들어가는 것 같다.

대학도 공부를 잘 하면 한국처럼 무조건 in 서울 -특히 유명한 '서울대, 연대, 고대'등 - 이 아니라 본인이 가고 싶은 과가 있는 대학, 부모님이 나오신 대학, 그래서 많은 학생들이 성적으로는 다른 도시에 있는 좀 더 랭킹이 높고 좋은 대학에 갈 수 있어도 가지 않는 학생들도 많다. 가족들과 떨어져서 혼자 공부하고 싶지 않으면 자기가 태어나서 자라고 공부한 도시에 있는 지방 대학을 선택하는 모습을 보면서 한국과는 참 다르구나 하는 생각을 하게 된다.

물론 어느 정도의 경쟁심에는 분명히 장점이 있다.
하지만 그 경쟁심이 지나치게 되면

그 삶은 자기 자신이 정말 원하고 바라는
행복을 위해 나아가는 삶이 아닌
인생에서 뭔가 가장 중요한 것을
놓쳐버린 삶을 살게 되는 것 같다.

나 자신을 위한 인생이 아닌
남을 위한 인생 말이다.

그리고 그렇게만 달려온 인생의 끝은
너무나도 허무할 것이다.

Northern Ireland-cushendall

마음이 건강한 아이로 자라게 하기

  한 인간으로 태어나 자라나기까지 가정이라는 테두리 안에서 아이가 어떻게 사랑 받고 보호받으며 교육을 받는지가 얼마나 중요한지는 우리 모두가 잘 알고 있다.

  우리 주변에서 많이 보게 되는 뭔가 어딘가에 문제가 있다고 생각되는 성인들도 알고 보면 어릴 적 환경에 문제가 있었던 경우가 대부분이다.

  그만큼 어릴 적 아이에게 주어지는 바른 가정과 환경은 아이를 건강하게 자라게 하는 가장 중요한 부분일 것이다.

    그렇다면 가정 속에서 마음이 건강한 아이로 자라게 하는 가장
중요한 방법은 무엇일까.

인간의 두뇌 발달과 정신 장애 연구 전문가인 워싱턴대학교 의과
대학 교수 –존 메디나 박사– 는 이런 말을 하였다.

'아내에게 사랑 표현을 많이 하는 남편이 되어라'

자녀를 위해 해 줄 수 있는 가장 중요한 일은 돈을 열심히 벌어서
풍요로운 환경을 만들어 주는 일, 그리고 부모가 같이 놀아주는 일
또는 공부 가르쳐 주는 일 등 여러 가지가 있을 것이다. 하지만 가
장 효과적인 일은 '아내를 사랑해 주는 일'이라 한다.

이런 가정에서 자란 아이들이 공부도 잘하고 사랑하는 법을 배우
며 건강하고 행복한 감정을 느끼며 성공하게 된다고 한다.

난 국제 결혼을 했다.

지구 반대편에서 이렇게 만나서 사랑에 빠지고 결혼까지 하게 될
확률은 몇 만분의 몇 일까. 대학 2학년 때 1년 동안 일본에서 공부
를 하면서 만난 나와 남편은 1년후 각자의 나라로 돌아가 대학을
졸업해야 했고, 그렇게 우리는 이별을 했다. 그 당시에는 이메일도
겨우 쓰기 시작했던 시기라 인터넷으로 쉽게 연락을 할 수 있었던
때도 아니었다. 국제전화는 터무니 없이 너무 비싸기 때문에 둘이
서 일본에서 같은 팩스를 두 대 샀다. 그렇게 영국과 한국에서 서
로 팩스로 편지를 주고 받으며 일년에 한 번씩만 겨우 만났다. 팩
스가 들어올 때의 찍찍거리는 소리는 정말 설레었고 가끔 너무 손

쉽게 연락하고 문자를 주고 받을 수 있는 편리한 지금과는 달리 종종 그 때의 아날로그 시대가 그리울 때가 있다.

이렇듯 25년전 겨우 스무 살, 일본에서 1년간 공부하면서 만난 영국에서 온 남자 친구는 그 이후 세월이 지나 남편으로 20년이 훨씬 넘는 지금까지 함께 살면서 한 가지 변하지 않은 부분이 있다.

두 아이의 엄마로 그리고 아내로 20년 이상을 같이 알고 같이 살았지만 처음 만난 그때의 사랑하는 연인으로써 나를 대하는 모습과 마음이 지금까지도 변치 않는다는 점이다.

우리의 역할은 결혼을 하면서 서로 많이 달라졌지만 둘 사이의 관계는 변하지 않았다.

물론 항상 결혼 전 연인 사이처럼 달달한 대화와 눈빛이 항상 오가는 건 아니다. 둘이 성격도 너무나 많이 다르고 살아온 환경, 그리고 서로가 더 잘하는 언어, 음식과 가치관 그리고 문화 등 너무나 많은 것이 달라서 부딪힐 때도 당연히 많다.

치약을 중간부터 짜서 쓴다고 잔소리하고 화장실을 깨끗하게 사용하지 않았다고 잔소리도 하는 날 보면 나도 그냥 잔소리꾼 아줌마였다. 하지만 서로 아내와 남편으로, 그리고 아빠와 엄마로, 그리고 연인 사이로, 상황과 때에 맞게 그리고 시기 적절하게 우리의 임무와 역할은 달라진다.

지금까지도 남편에게 마음속 깊이 고마워 하는 부분이 있다.

결혼해서 지금까지 인격적으로 상처를 주는 행동과 말을 한 번도 한 적이 없다. 의견이 안 맞아 다툴 일이 있을 때에도 과거의 나의 실수를 본인의 무기로 삼아 다루거나 언급하거나 한 적이 한 번도 없다.

그리고 바깥에서 무슨 결정을 해야 할 일이 있을 때에는 꼭 다른 사람 앞에서 항상 옆에 있는 나를 높여주며 딱히 내 결정과 상관없는 부분들인데도 "여기 내 보스가 있으니 내 보스에게 물어보고 연락하겠다"는 말로 은근 날 즐겁고 유쾌하게 만들어 주었다.

밸런타인데이(여기는 사랑하는 연인이 같이 선물을 주고받는 날이며 화이트 데이는 따로 없다)에는 매년 크지는 않지만 변함없이 로맨틱한 선물과 카드를 주었다.

그래서 난 아이들에게는 엄마이지만 남편에게는 연인 같은 아내, 그리고 나 스스로는 이름 석자 당당히 "나"라는 정체성을 가진 여자로 남아있을 수 있었던 것 같다.

이러한 부분들이 어릴 때부터 아이들에게도 자연스럽게 교육되고 보여지지 않았을까 싶다.

결혼하면 많은 여성들이 전업주부로 살던지 일을 하는 워킹맘으로 사는 경우이던지 "나"로서의 역할이 많이 달라진다. 그래서 자칫 일과 아이, 그리고 남편과 가정을 위해 헌신하고 자신을 잃어버린 채 살아가는 분들이 많은 것 같다.

물론 모든 여성들만이 그런 건 아닐 것이며 이 부분은 여성들뿐만 아니라 남성들도 마찬가지이다.

하지만 내가 열심히 헌신을 하고 나라는 자신을 포기하는 것이 이 가정을 위해서 아이들의 행복을 위해서 더 낫다고 생각한다면 오산이다.

아이들도 헌신만 하는 부모를 원하지 않는다.

그리고 엄마 아빠가 행복해야 아이들도 행복하다.

먼저 나 자신을 사랑하고.
사랑해서 결혼한 상대방을 존중하고 사랑하며.
서로에게는 연인 같은 부부로.
아이들에게는 사랑하는 아빠로 엄마로.

그리고 내 이름 석자 "나" 만을 위한 나 자신으로.

이렇게 살아갈 때
아이들의 마음이 더 건강하게

우리의 가정도 더 건강하고 행복하게 되지 않을까
생각해 본다.

첫째아들. DofE(duke of Edinburgh gold)

영국 중학교 입학시험

영국 중학 입학시험-

Transfer test. Common Entrance Assessment (CEA)- AQE
테스트(Northern Ireland), 11 plus exam (11+, England)

딸아이가 이제 만 10세.

여기서는 초등학교 마지막 학년 Primary 7(한국에서는 초등학교 4
학년?)이다.

한국에서 영국으로 돌아온 지 한 해가 지나니 어느덧 중학 입학
시험을 한 달 정도 앞두고 있다.

우선 AQE나 11+ 시험으로 중학교 입학을 한다는 건 그래머 스
쿨을 간다는 의미이다. 그래머 스쿨은 대학 진학을 목표로 하는 학
교이지만 영국에서는 시험 없이 일반 중, 고등학교 졸업 후 취업을
선택하는 아이들도 많고 꼭 대학을 가야 한다고도 생각하지는 않는

다. 대학은 말 그대로 공부에 많은 취미가 있어서 큰 공부를 더 하고 싶은 학생들이 가는 곳이다.

요즈음 학교에서도 일주일에 두어 번 중학 입학시험 테스트 - AQE(11살 시험이라고 11+) 연습 시험으로 열심히 점수를 올리고 있다.

영국은 알다시피 잉글랜드, 스코틀랜드, 웨일스, 북아일랜드로 이루어져 있다. 같은 나라라도 자체적으로 조금씩 시험 종류나 시기가 다르다. 런던 지역은 9월부터 시험을 벌써 치른 상황.

영국 북아일랜드는 11월 12일 첫 시험. 한 달 여간 총 세 번의 시험을 치르게 된다.

초등학교에서 중학교로 올라갈 때 치르는 Transfer test 에는 두 가지 종류가 있다. 그 중 CEA(AQE style-100퍼센트 주관식으로 출제)와 카톨릭 학교 입학을 지원하는 학생들은 GL test (Multiple choice style questions) 시험을 치르게 된다.

시험은 총 2주마다 한 번씩 3번을 치르게 되고 그 중 높은 2가지 점수를 합산하게 된다. 학교는 1 지망, 2 지망, 3 지망으로 적어내게 되고 우리는 당연히 오빠가 다니는 학교가 1 지망이다.

하지만 영국에서도 이 시험은 만 10살, 11살에게는 좀 무거운 시험이라 모든 영국 부모들이 이 시험을 선호하지는 않는다. 일반 중학교는 시험 없이 들어갈 수 있는 곳도 많고 본인이 나이가 좀 더 들어 스스로 생각해서 더 아카데미컬 한 학교? 에서 공부를 해서 대학에 진학하고 싶다면 고등학교 입학 시 Transfer test로 Grammar school로 전학을 할 수도 있다.

그래도 잉글랜드에 있는 특히 지역마다 아주 인기가 있는 학교는 경쟁률이 100대 1이라 힘든 경쟁을 이 어린 나이에 하기도 한다니 요즘은 북아일랜드에서 교육받는 걸 감사하게 된다. (북아일랜드에서는 그래머 스쿨 합격만 되면 수업료가 무료이다. 그리고 학교마다 조금씩 다르겠지만 경쟁률도 현재 기준으로는 대략 300명 지원에 100명 정도는 합격이 된다.)

결과는 전체 북아일랜드 아이들의 평균을 100점으로 하게 되고 적어도 평균보다 10점 정도는 높은 110점 정도는 되어야 그래머 스쿨에 들어갈 수 있는 안정권이 된다.

오늘은 바로 다음 달에 있을 시험을 대비해 본인이 치를 중학교에 와서 실제 시험 날과 똑같이 한번 해 보는 날이었다.

이 얼마나 아이들을 배려하는…

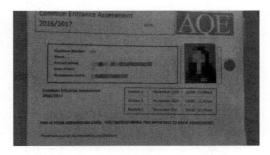

아이 수험표

　수험표를 들고 당일 10시까지 와서 아이들은 본인이 시험칠 교실
과 자리까지 확인하게 되고 같은 교실에서 시험 치는 아이들까지
만날 수 있다.

　당일 날 300명의 아이들이 이 학교에 지원했으니 시험 당일 날
주차장 이용 안내까지 아주 친절하게 설명하는 안내문까지.

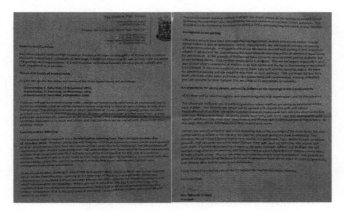

딸아이는 오빠가 같은 학교 중학생이고 이 학교 초등학교에 다니고 있는 터라 더 맘이 편안할 듯하다.

아침 10시...
수험생 부모가 된 기분? 으로다가 아빠 엄마 오빠까지 모두 다 함께 학교를 찾았다.^^

이 언니야 오빠들처럼 꼭 합격해야지!!

아이랑 같이 11월 12일 시험을 치를 교실에 가 보았다.

바로 이 자리.

아이 이름까지 떡 하니 붙어 있다.

아이들은 이렇게 선생님의 안내를 받아 교실로 이동을 한다. 긴 장감을 감추지 못하는 아이들이 너무 귀엽다.

강당에서 차 한잔씩 마시고 기다리다가 시험이 끝나는 시간 11시 가 가까이가 되자 아이들을 맞으러 슬슬 나오는 학부모님들...

시험 당일 날도 똑 같이 이렇게 하겠지?

가고자 하는 중고등학교와 같은 초등학교라 이렇게까지 '시험 예 행연습?' 까지 하는 것이 무슨 큰 의미일까 싶지만, 어린아이들에 게 큰 시험은 너무 부담일 수 있으니 낯선 환경을 없애버리고 편하 게 맘을 다지기에는 참 좋은 것 같다.

아직 너무나도 아기 같은데 큰 시험을 앞둔 애기들이 너무 귀엽고 또 스트레스 받지 않게 학교에서도 아이들을 배려하면서 가르치고 지도하는 모습이 참 감동스러웠다.

선생님께서 반 아이들 전체에게 하트 모양으로 된 스트레스 해소용 스퀴즈 인형(스폰지 스타일 인형으로 스트레스 받을 때 손 안에 넣고 주물거리면 불안감이 줄어든다고 한다)을 돌리거나 일주일에 몇 번씩 시험을 치고 나면 수고했다는 보상을 해 주시면서 아이들을 이끄셨던 담임 선생님도 참 고마웠다.

이제 시험날까지 파이팅!!!

엄마, 내 친구가 레즈비언이래

어제 학교에서 다녀온 딸아이가 고민을 털어놓는다.

"엄마,

친구 로렌이 자신이 레즈비언이래."

로렌은 딸아이의 베스트 프렌드이다. 얼마 전부터 조금 이상한
건 느꼈지만 묻지 않았는데 고민을 털어놓았다고 한다.
"예전 남자 친구랑도 헤어지고 얼마 전 이제야 자기 identify를
찾았다고. 자기는 레즈비언이래. 하지만 우리의 우정은 변치 않을
거라는데, 그 말을 듣고 나니 로렌을 대하는 게 괜히 불편해지는
게 내가 너무 예민한 걸까... 내가 이상한 거야?"
음...

무슨 말을 해 줘야 하는데 전혀 생각지도 못한 부분이라 어떻게 대답을 해야 할지 모르겠다.

나의 학창 시절을 되돌아본다.

솔직히 그때에도 분명히 여자아이지만 남자처럼 꾸미고 다니던 아이도 있었고 여중이었는데도 아이돌처럼 여자애들 사이에서 인기가 있던 친구도 있었다.

하지만 나도 친구들도 게이나 레즈비언이라는 문제로 부모님과 고민을 털어놓거나 했던 기억은 없다. 아니 성 정체성에 대해서는 별로 생각도 안 했던 것 같다.

하지만 영국에는 확실히 이러한 아이들이 꽤 많다.

그리고 우리 아이들도 별 것 아니게 얘기한다. 얘는 게이고 얘는 어떻고. 그런데 별로 큰 신경은 안 쓴다.

사춘기 시절 너무 게임이나 코딩에만 관심이 있고 친구도 남자 친구만 득실 했던 아들에게 지나가는 말로 한 번 물은 적이 있었다.

"ㅇㅇ아. 예쁜 여자 친구를 보면 예쁘다는 생각은 들고 관심은 생기지?"

아들은 그냥 웃으면서

"당연하지."

그 말을 듣고 뒤돌아 서서 "휴.. 다행이다" 했던 적이 있다.

워낙 주변에 그런 이야기를 많이 듣다가 보니 설마 내 아이가? 하는 생각도 드는 건 사실이었다. 그냥 정상이구나 하는 소심한 확신으로 '다행이다' 생각하는 나 자신을 보며 이런 생각이 든다.

한국 부모들은 이런 얘기들로 많이 고민하지 않는 것 같은데 여기서는 아이를 키우면 내 딸이 내 아들이 게이가 아닌 것만으로도 너무 감사하게 된다는 어느 엄마의 얘기가 기억이 난다.

그리고 나도 그 짓을 하고 있었다.

"도대체 성 정체성 혼란이 근래에 많이 생긴 거야?

아님 서양 국가에만 많은 거야?

아님 예전에도 있었는데

자신도 잘 모르고 주변에서도 관심도 없어서

그만큼 드러나지 않았던 거야?"

난 세 번째 같다.

예전에도 지금도 다 똑같은데 시대가 변해오면서 더 드러나는 부분이 아닐까.

근데 여긴 왜 이렇게 성 소수자들이 많은 걸까.

그건 아무래도 동양국가보다는 남의 눈치를 보거나 하는 부분도 적고 자신을 드러내고 솔직한 부분에 대해서 어릴 때부터 자연스럽게 교육을 받아 왔기 때문이 아닐까.

그리고 아무래도 동양국가에서는 생물학적 성별과 다르게 산다는 것에 대한 부정적인 인식과 제재가 많기 때문이 아닐까.

하지만 서양에서는 그 나라의 문화나 인식, 그리고 편견과 표현의 자유가 너무나도 잘 존중되는 부분에서 오는 걸까.

하지만 동양처럼 조금만 더 타이트해도 좋지 않을까. 주변에 보면 양성애자도 꽤 많다. 어쩌면 그걸 생각도 안 하면 본인도 딱히 잘 모른 채 차라리 평생 불편함 없이 살아갈 수 있을 수도 있는데 내가 뭔가 다른 애들과 다르면 쿨 해 보이는 사춘기 시절 인식에서 너무 섣불리 아이들 스스로 성에 대한 잘못된 인식의 정착이 일찍 형성되어 버리는 것이 아닐까...

혼자 수많은 질문들을 해 본다.

이제 겨우 초등학생인데 자신이 게이라고 생각하고 부모님과 얘기를 한 뒤 부모님도 그 의견을 존중을 해 주고 머리 모양이나 옷

등, 아이가 하고 싶어 하는 대로 하게 해 준다는 말을 들었다. 글쎄, 성 소수자들을 불평등하게 대하는 건 나도 옳지 않다고 생각하지만 그래도 완전히 자라서 모든 결정에 책임을 질 나이가 되기 전에는 그래도 부모로서 좀 더 여러 가지 방향으로 이끌어주고 노력하게 하는 방법도 있지 않을까.

앞 글에서 얘기했듯 비유를 하자면, 어릴 때의 무조건의 존중이 다 좋지 만은 않다.

어릴 적 당근이 싫다면 다른 식으로 요리를 해서 아이가 좋아하도록 할 수도 있는데 그 의견을 어린아이 때부터 너무나도 존중해 준 나머지 평생 본인이 당근을 못 먹는 성인으로 알고 살아갈 수도 있다는 것이다.

그럼, 성 정체성에 대한 존중은 어디까지 일까.

참 어렵다.

하지만 너무 어린 나이에 과한 존중은 부모로서 조금은 조심해야 할 부분인 것 같다.

돌아보면 사춘기 시절 내가 옳다고 생각하고 행동했던 어리석은 일들이 몇 가지씩은 있을 것이다. 그 나이가 그렇게 철없고 어렸었다. 사춘기라는 자체가 정체성 혼란의 시기이며 성장하면서 자신의 생각도 변할 수 있는 나이이기 때문이다.

하지만 무조건
"넌 너무 어려. 다시 생각해 봐"
라고만 하고 무시하는 것도 좋지 않은 방법일 것이다.

조심스럽게 딸아이의 질문에 이렇게 밖에 말할 수가 없다.

"네 나이가 그런 나이일 거야.
무한 발전할 수 있고 언제든 바뀔 수 있고
실수해도 괜찮은 나이야.
조금 신경 쓰이는 것도 이상한 거 아니야.
그냥 로렌과 지금까지처럼 재미나게
친하게 지내면 될 것 같아.
그러다가 고민이 생기면
그때 또 생각하면 되지 뭐. "

"성 정체성은 2~3살의 발달 과정에서 '나는 어떤 성'인지 인식하는 심리적 성 정체성이다.
그러나 그러한 인식은 사춘기를 거치면서 바뀌기도 한다.

즉, 유아 시기에 얻은 정체성은 이후 청소년기에 인식하는 정체
성과 다를 수도, 아닐 수도 있다."

출처 : 나무 위키

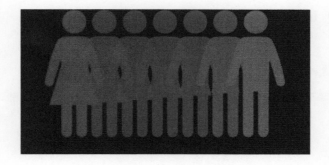

올바른 독립심 키우기

"아이들에게 그냥 독립심이 아니라
올바른 독립심을 키운다는 것."

정말 중요하고도 어려운 일이다.

그리고 서양 부모님들이 아주 중요하게 생각하는 부분이기도 하
다.

아무래도 경쟁이 심한 한국에서는 아이의 학업과 성공에 포커스
가 많이 맞추어 있다는 경향이 있다면 서양에서는 아이들의 독립심
과 상대방에 대한 배려, 그리고 남에게 폐를 끼치지 않는 예의들을
좀 더 중시하는 것 같다.

물론 이 부분도 당연히 서양과 동양, 이렇게만 나눈다는 건 무리
인 걸 안다. 단지 보편적으로 그런 이미지가 있다.

"충분한 사랑을 주는 것..."

올바른 사랑을 자녀에게 충분히 주는 부분들이 중요하다는 걸 모르는 사람들이 없을 것이다. 그건 -올바른 독립심 키우기-에서도 예외는 없다.

두 아이를 키우면서 느낀 건 같은 뱃속에서 태어났지만 둘 다 성향도 성격도 너무나 다르다.

가끔 보는 육아 교육프로 그램을 보면 서넛 형제 중 나머진 다 평범한데 유난히 예민하고 문제가 있는(부모의 입장에서는) 한 아이가 있다. 동생도 누나도 너무나 평범한데 유독 그 아이만 소리를 지르고 감정을 스스로 조절을 못하며 예민하다. 프로그램을 보면,

"저런 아이와 어떻게 매일을 살까"

하면서 현재 나의 힘든 상황은 아무것도 아닌 듯 무마시켜버리는 야비한 정당화와 위로? 까지 받게 만든다. 굉장히 문제가 있는 아이도 전문가의 조언과 코치 안에서 점차 부모의 관심과 사랑을 다른 관점과 방식으로 전환을 시켜주면 아이가 점점 변화하는 것을 보면서 "역시 세상에 나쁜 아이는 없구나, 이렇게 사랑스럽구나" 하는 감동을 느끼게 된다.

그랬다.

나의 두 아이들도 너무나 성향이 달랐다.

세상에 어디에도 없는 정말 감사한 두 선물들이지만 그 아이들의 성향에 맞추어 부모의 관점이나 태도도 달라져야 했다.

어떤 아이는 잘못을 했을 때 한 대 쥐어박아도? (여기서는 절대
그러면 안 되지만) 싱글벙글 능글능글하게 상처를 받지 않는 아이
가 있는 반면, 별 것 아닌 잔소리나 말 한마디에 상처를 받는 아이
도 있기 마련이다.

동양 부모님들도 서양 부모님들도 아이들을 사랑하지 않는 부모
님들은 없다.
그렇다면 무조건적인 충분한 사랑을 주면 될까?
절대 아니다.

유아기에서는 나란히 아이와 함께 걸어가 주는, 항상 도와줄 수
있는 부모가 되어야 한다. 그리고 그 부모의 역할 또한 유년기와
청소년기로 자랄 때마다 부모의 위치도 변해야 한다.

"아이의 앞에서 걷다가
아이가 자라면서 옆에서 함께 걸어주고
나중에는
묵묵히 뒤에서 지켜보며 걸어야 한다."

나도 이 부분에 있어서 그닥 완벽하지 않았다. 그리고 부모도 함
께 성장해야 하는데 그러질 못해서 수많은 시행착오가 있었다. 이

제 청소년기가 되었으니 아니 첫째는 성인이 되었으니 그냥 멀리서 지켜보는 것만이 나의 역할임을 아는데 아직도 잘 되지 않는다.

그럼 가장 중요한 유아기 때에는 어떻게 하면 아이의 독립심을 잘 키워줄까.

내가 느낀 서양 부모님들은 독립심을 키워주기 위해 태어나자마자 다른 침대와 다른 방에서 아이를 재운다. 여기에는 서양과 동양의 사고 차이가 분명히 나온다. 서양에서는 개개인의 삶이 중요해서 심지어 아이도 자식은 자식, 나는 나, 라는 인식이 강한 것 같다. 그래서 부부의 침실에서 아이가 같이 잔다는 건 좀 이상? 하다. 그렇게 키우는 자체가 이상하다. 그래서 여기에서는 cod death를 방지하기 위해 생후 6개월까지는 아기침대를 옆에 두고 같은 방을 쓰라고 의사들이 권고할 정도이다.

동양에서는 아이가 나의 분신까지는 아니지만 좀 더 그 의미가 서양과는 다르다. 그래서 서양에서는 아이가 태어나도 삶이 크게 달라지는 부분이 없지만 동양에서는 결혼하고 아이가 태어나면 한쪽 부부가 아이 한 명에 올인하기 시작하면서 부부의 사이까지 아이로 인해 많이 달라지게 되는 것 같다. 그 예로 많은 가정들이 아이가 태어나면 자연스레 각방을 쓰는 점이다. 아이가 밤에 자꾸 깨니 부모 중 일을 하러 가야 하는 쪽이 따로 자고 다른 쪽이 아이랑 자기 시작하면서 말이다.

물론 여기에도 장단점이 있다.

단지 난 서양 쪽은 너무 건조하게 느껴진다. 너무 어린 나이에는 부모와 같은 방을 쓰는 걸 난 추천한다. cod death의 방지를 위해서도 중요하지만 내 기준에는 적어도 아이가 말을 이해할 때까지 웬만하면 아이가 밤에 무섭거나 이유 없이 울 때 같이 자고 싶어 할 때 많이 안아주고 같이 안아주고 충분한 사랑을 주어 안정감을 느끼게 하는 점이 무엇보다 중요하다고 생각한다. 단지 애기 때부터 잠버릇만 바르게 교육시키면 부모가 함께 아기와 자는 부분이 그렇게 힘들어지지만은 않을 것이다.

앞 글 -혼자 자는 버릇 들이기- 문고리를 잡고 있는 엄마와 아내를 토닥거리는 아빠의 얘기에서도 언급을 했지만, 너무 매정하게 아기의 잠버릇을 고친다고 우는 대도 내버려 둔다면 말 못 하는 아이는 (태어난 지 몇 주 밖에 안 되는 아기조차..) 그냥 포기하고 점차 순한 아이? 로 잠버릇도 잘 들게 되질 모른다. 하지만 우는 이유에는 어른들이 모르는 수십 가지가 있는데 그냥 내가 울어도 아무도 날 보러 와 주지 않으니 아기는 스스로 포기하고 마치 강아지 훈련을 시키듯 거기에 익숙해진다. 물론 부모 입장에서는 육아가 훨씬 쉬워지겠지만 그 애기는 독립심을 얻는 대신 맘 속 깊은 보호받지 못한 불신과 상처가 생길 것 같다.

　또한 서양 부모님들은 때로는 아이의 의견에 대한 지나친 존중으로 자칫 아이들의 서투른 선택이 어설픈 결과로까지 이어지게 되는 부정적인 면도 없지 않다.
　또한 과한 독립심 키우기로 주위에 딸 친구들을 보면 집이 아무리 잘 살아도 16세 이후에는 용돈을 끊어버리는 부모님들도 꽤 있다. 아이 스스로 봉사활동을 찾기도 하고 아르바이트를 찾아서 용돈 벌이를 하는 게 당연시된다. 그래도 대학을 가야 하는 수험생이고 공부를 해야 할 나이인데 난 이 부분까지는 좀 매정하게 느껴진다. 독립심이야말로 경제활동을 통해서만 꼭 이루어지는 건 아닐텐데 말이다.

　하지만 동양 엄마들, 한국 엄마들은 또 지나치게 아이 중심적인 부분도 없지 않다. 하나하나 간섭하기는 물론, 아이가 고등학생이나 대학생이 되었는데도 아이를 본인 손바닥 안에서 훤히 다 보이고 컨트롤을 다 해야만 성에 차는 부모님들도 많다.

　그래서 나의 결론은,

그냥 딱 중간.

중간이 필요하다.

참 힘들지만 중요한 부분이다.

'바른 독립심을 키운다는 건'.

DofE (The Duke of Edinburgh's Award)

왕따, 폭력 문제 그리고 리포트

정말 아이를 키우면서 한번 즈음은 부모로서 고민해 보는 문제일 것이다.

나 또한 외국에서 아이들을 키우며 백인 학교에서 혼자 동양인이 었던 아이가 정체성의 문제로 고민을 할 때 어떻게 이해를 시켜야 할지 또 친구들 사이에 여러 가지 상황들 속에서 어떻게 행동을 하 도록 가르쳐야 할지 여러 가지 고민들이 많았다.

"따돌림도 폭력이다.

그래서 따돌림은

내 아이도 절대로 해서는 안 되고

다른 아이가 내 아이한테 해서도

절대 안 된다."

그렇다면 '폭력과 다툼의 차이'는 무엇일까?

난 폭력은 동등하지 않은 입장에서 강한 쪽이 약한 쪽을 괴롭히는 것이라 생각한다. 하지만 다툼은 동등한 상황에서 다른 입장 표현을 하는 것이다. 그러므로 따돌림도 폭력도 절대로 해서는 안되고 받아서도 안 되는 것이다.

여기서 무엇보다 중요한 건 그러한 폭력과 따돌림 같은 일이 있었을 때 아이에게 방관자가 되어서도 안 된다고 말해 주었다. 그리고 그 따돌림과 폭력의 대상이 내가 당사자가 되었을 때는 무조건 어른에게 리포트를 해야 한다.

한국 아이들은 초등학교 고학년만 되어도 선생님께 리포트하고 알리는 것을 고자질이라 생각하는 경향이 있는 것 같다. 그래서 선생님에게 알리면 아이들이 더 괴롭힐 것 같고 찌질이? 같은 이미지가 될 거 같아서 참는 아이들도 있는 것 같다.

하지만 영국에서 아이들을 키우면서 학교생활을 들으면 확실히 영국 아이들은 리포트가 아주 자연스럽고 당연하다.

한 번은 둘째 아이가 중학교 1학년 즈음에 학교에서 있었던 일을 말해 주었다. 반 친구 중에 평소에도 감정 조절을 잘 못하고 친구들에게 엄청 짜증을 내던 아이가 있었는데 하루는 쉬는 시간에 복도를 지나가다 보니 자기 반 아이들이 길게 줄지어 섰다고 한다.

알고 보니 자기 반 아이들이 그 학생 때문에 너무 힘들다고 선생님께 리포트를 하기 위해 줄을 섰다고 한다. 딸아이는 친구들이 줄을 주욱 서 있던 모습이 너무 별나 보이고 웃겼다고 하는 그 말을 듣고 나도 함께 웃었지만 이렇듯 정말 영국인들은 리포트를 하는 것에 대해 아주 어릴 때부터 교육을 잘 받는다.

그리고 그건 어른이 되어서도 마찬가지이다.

여기서 친하게 지내던 언니가 영국 회사에 입사를 하게 되었다. 일에 서툴렀던 언니는 옆 사람에게 업무에 대한 질문을 모를 때 종종 했었고 그분은 웃으면서 아주 친절하게 물을 때마다 설명을 잘 해 주었다고 한다. 그러다가 어느 날은 매니저가 언니를 불렀다. 그리고는 업무에 관해 모르는 것이 있으면 직접 매니저한테 질문을 하라고 한다. 언니는 옆 사람이 너무 친절하게 가르쳐 주어서 종종 묻기 시작했었는데 그것이 귀찮았으면 직접 못 하겠다고 말로 하면 될 것을 매니저한테 고자질 아닌 리포트를 굳이 해야 하는가 싶어서 좀 속상함과 서운함, 뻘쭘함을 느끼며 자리로 돌아왔다. 그런데 본인이 리포트 한 일로 언니가 매니저한테 갔었다는 것을 알 텐데 그 옆자리에 앉은 사람은 정말 하나도 어색해하지 않고 아무 일 없었다는 듯이 아주 똑 같이 언니한테 친절하게 인사하고 언니를 대하는 것을 보면서 한국인이었던 언니가 적지 않은 문화 충격을 받았다고 한다.

"고자질과 리포트 차이는

고자질은 나에게만 이익이 되고

상대방의 괴로움을 즐기는 것이지만

리포트는 올바르지 않은 상황을 알림으로 써

모든 사람이 평화롭게 되는 것이라고 한다."

그렇다면 이 옆자리 분이 하셨던 건 고자질이 아니고 리포트 일까. 그래, 긴 시간을 두고 따지고 보면 그 방식이 모든 사람이 평화롭게 되는 것이니 리포트라고 해야겠다.

아무튼 뼛속까지 한국인인 나에게는 이 부분들이 아직도 어색하지만 나의 불행한 감정을 위해 무조건 참는 것이 아니라 올바른 리포트를 하는 부분은 배워야 할 점이 분명히 맞는 것 같다.

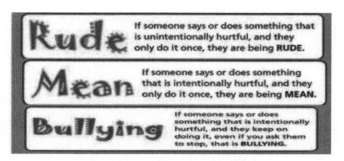

무례함, 심술궂음, 왕따의 구별

정답만큼 중요한 풀이과정
-한국과 영국의 다른 공부 방식

한국에서의 4년이라는 시간은 아이들에게 엄청난 큰 변화를 가져다 주었다. 어른이 되어버리면 바뀌기도 그리고 바꾸기도 어려운 사고 들와 삶의 방식, 언어, 심지어 음식 맛에 대한 고정관념 등이 아이들에게는 마치 스펀지와 같이 자연스럽게 스며들었다.

영국에서 태어나 유치원과 초등학교 저학년 때만 영국 학교에 다니다가 한국 학교에서 살았던 4년이라는 시간 동안 배움의 방식들도 아주 많이 달라졌다.

우선 한국에서는 참 많이 가르치고 참 많이 배우게 된다.
어릴 때부터 영어, 수학, 미술 등은 물론 음악과 체육까지 학원을 다녀가면서 배우게 된다. 그것도 일주일에 두세 번 혹은 매일 가야 하는 것이 더 놀랍다.

영국에서는 따로 학원을 다니는 아이들은 거의 없다. 사실 학원이라는 곳 자체가 없다. 중고등 입시 때 필요하면 부족한 과목들은 몇 번 따로 과외 선생님의 도움을 받기도 한다.

그나마 어릴 때부터 규칙적으로 시키는 건 피아노나 바이올린, 그리고 아이가 원하면 수영이나 다른 예체능 정도이다.

우리 아이들도 어릴 때부터 피아노를 배웠다. 하지만 한국처럼 매일 가는 학원은 없고 과외 선생님께서 한 시간도 아닌 단 30분, 그것도 매일이 아닌 일주일에 한 번씩 가르쳐 주셨다. 매주 30분이라도 하면 다행이겠지만 그것도 여름, 겨울 방학, 시험기간이나 다른 이유 등등으로 빼 버리면 일 년에 배울 수 있는 시간은 그다지 많지 않다. 어릴 때 수영도 마찬가지. 30분씩 일주일에 한 번이었다. 한국처럼 매일 한다는 것은 상상도 못 할 것이다.

사실 영국에 다시 돌아와서 처음에 아이가 가장 헤매었던 부분은 30분을 배우는 피아노도 수영도 아닌 학교에서 시험을 치는 부분이었다. 우선 전과목에 객관식 문제가 하나도 없다. 모든 과목이 서술형이다. 한국처럼 외우고 공부해서 답만 알면 되지를 않는다. 한국에서는 문제집을 많이 풀고 교과서와 자습서 등으로 마음만 먹으면 공부할 것도 많은데 여기서는 과목에 따라 다르지만 문제집도 교과서도 딱히 없다. 선생님 강의와 노트뿐이다. 아님 과학이나 수학 정도는 지역에 따라 CCEA(Council for the Curriculum,

Examinations & Assessment)이나 CGP(Co-ordination Group Publications)에서 출제한 자습서와 문제집 정도는 구해서 공부할 수 있을 것이다.

그 중 특히 수학 공부는 한국과 다른 점이 많다.

한국 수학은 답만 알면 된다면 영국 수학은 답과 풀이 과정 똑같이 중요하다. 답이 틀려도 풀이 과정이 맞으면 어느 정도 점수가 주어지고 풀이과정이 틀리고 답이 맞아도 점수가 다 주어지지 않는다.

심지어 쇼핑을 하고 얼마의 가격이 남았냐는 문제에 영국 화폐인 파운드로 정답이 34파운드라면 £34.00이라는 정답을 £34.0을 써서 1점 깎이기도 했다. 풀이과정도 다 맞고 정답도 딱히 틀리지도 않았는데 만점을 맞는 건 정말 까다로웠다. 엄밀히 말하면 영국 화폐 중 1 페니 단위도 있으니 0을 두 개로 해야 하는 건 맞을 것이다. 이래서 답만 맞아도 안 되고 풀이 과정 중 0 하나 제대로 신경 써서 해야 하니 수학에서 만점을 맞으려면 정말 신경을 잘 쓰고 실수를 하지 않아야 했다.

수학뿐만 아니라 영어나 다른 과목도 마찬가지였다. 모두 서술형이었고 거기에 거론되어야 할 해답들이 잘 들어가면 각각의 문장에서 포인트가 매겨지는 형식이었다. 그래서 한국처럼 정답을 위한 벼락치기 공부는 절대 통하지가 않는다. 아무리 시험이라는 것이 또 점수를 잘 내기 위한 그 나름의 포인트와 방식들이 있다지만 그래도 평소에 책도 많이 읽고 자기 주관과 생각들을 많이 얘기하고 토론하는 부분이 가장 중요할 것이다.

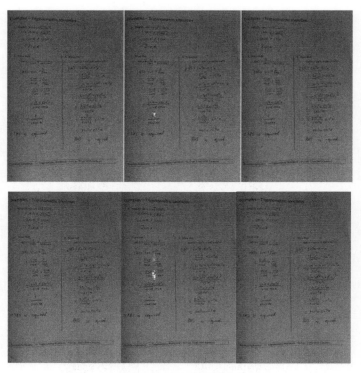

영국A-level 수학 시험지

정답이 하나가 아닌 아이들의 공부 방식을 보면서 '매 순간 새로운 삶의 장면들을 맞닥뜨리고 정답을 찾아 헤매야 하는 우리의 인생도 공부와 마찬가지가 아닐까' 하는 생각이 든다.

우선 고등학교 입학시험인 GCSE 시험만 봐도 영어 한 과목에 네 번의 시험이 있을 정도이고 음악 시험에는 작곡, 그룹 연주, 개인 연주, 그리고 평소 학교에서의 내신 시험 등등 아주 다양하다.

그래서 시험 9과목 정도를 치는데 5월에서 6월까지 두어 달이 걸린다.

2022년 GCSE시험 시간표

또한 대학 입학시험인 A레벨 시험도 과목은 서너 과목이지만 단하루 만에 치는 것이 아니고 거의 한 두 달에 걸쳐 시험을 치르게 된다. 한국도 수시와 정시 등 다양한 입학 시스템을 만들어 놓고 있지만 내가 대학 갈 때만 해도 대학 입학시험인 수능 전과목을 딱 하루 만에 보는 걸로 인생을 결정짓는 듯한 기분을 들게 하는 건 너무나도 아이들에게 가혹했던 것 같다.

무엇보다 영국에서는 A레벨 점수가 못 나와서 재수를 하고 싶다면 못 본 과목만 다시 치면 된다는 점도 모든 과목을 또다시 하루만에 봐야 하는 한국과는 다른 점이다.

또한 결과만을 최고로 중요시하고 1등만이
살아남는 사회와는 달리
과정도 결과만큼 똑같이 중요하며
꼭 1등이 아니라도 또 공부가 나에게 맞지 않으면
대학을 굳이 나오지 않아도
행복하게 살 방향들이 많이 주어지는 것 같다.

그래서 영국 아이들을 보면 한국과 달리 모든 아이들이 다 똑똑하지가 않다. 한국 아이들은 거의 모든 아이들이 학원을 다니고 공부를 많이 하니 대부분이 참 똑똑하고 공부 잘하는 아이들이 많은 것 같다.

하지만 영국에서 수학을 잘하는 아이들을 보면 정말 똑똑한 천재들이 많다.(물론 대부분의 영국 아이들을 수학을 아주 기본만 배우기 때문에 잘 못 한다) 수학뿐만 아니라 피아노나 코딩 등 본인이 정말 좋아해서 푹 빠져 스스로 공부를 하고 깨우친 아이들 중에는 비교가 불가능한 천재들이 많은 것 같다. 한국 학원처럼 수동적으로 배울 데가 딱히 없으니 능동적으로 더 파고들고 더 스스로 공부를 하는 부분도 있을 것이다. 이런 아이들은 정말 쉽게 이길 수가 없게 된다. 그리고 여긴 그 똑똑한 천재들만이 스스로 원해서 좋은 명문대에 가게 된다.

일반적으로 아이들은 집에서 가까운 대학에 입학하거나 원하지 않으면 대학을 안 가도 된다. 심지어 점수가 아주 좋아도 그냥 동네에 있는 평범한 대학을 선택하는 아이들도 많다. 한국처럼 학원을 다니고 억지로 공부를 해서 모든 아이들이 서울에 있는 명문대에만 입학하려고 하는 이미지와는 뭔가 사뭇 다르다.

먼 미래에 인생을 되돌아보면...

1등을 해서 행복했던 것도
가기 싫은 공부를 겨우 해서 대학에 합격했던 것도

진정한 행복은 아니었을 것이다.

되돌아본다면

모든 게 다...
나 자신을 위해서 했다기보다는
남을 위해서, 아니면
부모나 사회가 원하는 나를 보여주고 만들기 위해서
했기 때문일 것이다.

하지만 난...

여전히 지금도 아이들에게
너네들이 행복한 일을 찾으라고는 말은 하지만
내일 당장 대학 공부와 준비를 그만두고
꿈을 찾겠다고 하면 그 꿈을 믿어주고
지지해 줄 수 있는 엄마인지 생각해 보면
나도 자신이 없어진다.

나도 이 나이가 되도록 아직도
나 자신의 진정한 행복과

정해진 사회의 틀과 기준 사이에서
그 올바른 행복의 기준을 잘 모르고 있는
항상 갈팡질팡하는
미숙한 어린아이인 것 같다.

나도 그리고 아이들도
결과보다는 과정을 중시하고
최선을 다한 그 과정 속에서
참된 행복을 느끼는 삶을
살았으면 좋겠다.

대학에 입학하는 첫 아이

"이제 첫 아이가 대학에 들어간다."

20대 아무것도 모른 채 영국으로 와서 결혼을 하고 첫 아이를 임신했던 그 행복했던 시간들. 갑자기 하혈을 해서 병원에 갔더니 심장이 안 뛴다고 해서 의사 앞에서 펑펑 울고 있는데 기계가 낡아서 잠시 오류로 안 뛰었다는 황당한 사건. 영국 병원에서 울고 보채는 아이를 밤에 보다가 그대로 안고 빈혈로 쓰러진 그날 밤, 병원에 몰래 딸을 주겠다고 냄새 나는 반찬들과 한 가득 미역국을 싸 들고 오셨던 친정엄마, 출산하자마자 얼음이 둥둥 뜬 차가운 물을 수고했다고 준 영국 간호사에게 깜짝 놀라시며 절대 안 된다고 못 마시게 한 친정엄마의 표정 하나하나까지 아직 엊그제 일 같이 그대로인데...

그런데 그 연약하고 작았던 그 아이가 이렇게 커서 어른이 되어 버렸다.

영국에서 5위안에 들고 전 세계 10위권 안에 드는 명문대학 몇 군데 대학에서 오퍼가 나고 합격을 하게 되었다. 우리 아이는 다른 아이들보다 너무 똑똑하지도 특별 나지도 않았다. 한국에 갔었을 때는 초등학교 2학년 나이에 한글을 전혀 못 썼고 다시 4년간의 한국생활 후 영국으로 다시 돌아왔을 때에는 영어도 뒤쳐지고 역사 제2외국어 등등 모든 부분에서 영국 아이들의 4년간의 학과 진도보다 뒤처졌었다. 영국에서 돌아온 나이가 딱 사춘기 나이라 영어가 미국식 발음이라고 놀림을 당하기도 했었고 친구들과 잘 어울리지 못했던 아이는 살아남기 위한 나름의 방식으로 혼자 컴퓨터 게임이나 큐브, 피아노, 코딩에 빠지기도 했었다.

하지만 어느 환경에서든 1년이 지나고 2년이 지나면서 그 위치에서 나름 잘 적응할 수 있었던 비결은 무엇이었을까.

난 확실한 아이의 정체성이라고 확신한다.

다른 환경에서 또 다르게 생겨서 살아가야 하는 부분을
무엇보다 당당하게 만들어 주려 했었고
모자람이 아닌 더함의 존재로

항상 각인시켜 주려고 노력했었다.

그 부분이 가장 중요하다 생각했었다.
그래서 아이들을 다 데리고 한국행을 선택했었다.
자신의 뿌리인 언어와 문화를 제대로 그리고 바르게 알지 못하면
영국에서 영원한 이방인으로 살 것 같았다.

아이들에게 언젠가 그 의견을 물어본 적이 있다.
영국에서 태어났지만 한국에서의 삶과 영국에서의 삶은 어떤 부
분이 달랐었는지..
한국에 살았던 때에는 비록 한국어는 서툴렀지만 다 똑같이 생긴
외모에 더 자신감을 얻고 같은 아시안인들 사이에서 뭔가 동질감
아닌 동질감을 느꼈던 거 같고, 영국에 다시 돌아왔을 때는 너무
릴락스 하게 공부를 하던 영국친구들에 비해 한국에서 보고 같이
공부한 한국 아이들의 공부에 대한 부지런함과 열정들을 본받고 더
집중하고 공부에 매진할 수 있었다고 한다.

한국에서는 자존감을 높일 수 있었고 영국에서는 욕심을 부릴 수
있었다.

영국 아이들을 보면 공부를 잘하면 인 서울? 을 시키는 아시아 부모들과는 달리 무조건 대학에 진학하려고도 하지 않고 부모님 근처에서 자신이 태어난 동네에서 살고 싶어 하는 아이들이 많다. 우리 아이들이 보기에는 그 부분들이 너무 꿈이 없고 답답해 보였던 점이 있었던 것 같다. 고등학교 때 친구들을 보면서 했던 말이 왜 더 큰 꿈을 갖지 않는지. 이렇게 똑똑한데 왜 더 멋진 직업과 연결되는 전공을 선택하지 않는지...

한편으로 생각해보면 그렇게 선택을 하지 않아도 먹고 살기에 충분히 여유가 있고 행복하기 때문이지 않을까 싶다.

한국처럼 공부를 잘하면 무조건 의사, 변호사, 공무원이 되기를 바라는 모습과는 정말 다른 것 같다.

영국 안에서도 정말 다양한 인종이 있다.

첫 번째, 영국 안에서도 평생을 영국에 산 순수 로컬 백인들은 확실히 사고방식이 다르다. 대영제국이었던 영국에 대한 자부심도 있고 너무 풍족해서 그런지 그다지 욕심과 꿈이 크지 않은 친구들이 많다. 그리고 영국 안에서만 자랐기 때문에 다른 문화에 대해 많이 궁금해하지도 않고 오픈된 마인드도 확실히 부족한 부분이 있다. 물론 모든 영국인이 그렇지는 않을 것이다.

두 번째, 같은 영국에서 태어나서 영국에서 교육을 주욱 받았지만 부모나 그 위 세대가 약간이라도 이민자로 영국에 들어와서 정착한 가정에서 자란 아이들은 확실히 사고나 꿈, 그리고 자신과 다른 문화를 받아들이는 태도 또한 오픈이 되어 있다고 한다. 그래서 그런지 컴퓨터 공학과에 재학 중인 아이 주변 친구들을 보면 확실히 순수 영국인보다 부모 한쪽이 여러 유럽이나 아시안계 혼혈들이 많고 뭔가 설명할 수 없는 사고방식이 본인과 잘 어울린다고 한다. 그런 아이들 특징이 영국에서 태어났지만 영어뿐이 아니라 부모님 나라의 언어의 중요성도 알고 몇 개 국어를 로컬처럼 구사할 수 있다는 점이다.

세 번째, 영국에서 태어난 아시아인 중 본인의 문화와 언어도 잘 배우지 못한 소위 아이들이 말하는 속어인 "바나나(겉모습은 아시안, 안은 서양의 사고)" 같은 아이들이 있다. 어릴 때부터 부모가 이민자이니 아이들에게는 무조건 영국 생활과 문화만 중요시하고 영어만을 중요시한 경우이다. 나이가 어릴 때에는 본인의 모국어와 문화를 접하지 못한 부분에 그다지 아쉬움은 없다. 하지만 아이가 성인이 되면서 정체성 혼란을 느끼게 되는 부분이 많다. 그래서 대학 안에서 그런 아이들을 보면 100프로 서양인들과의 사이에서도 뭔가 흡수되지 못한 부분이 있고 그렇다고 자신들과 같은 한국 아이들과도 언어를 못 하니 잘 어울릴 수가 없다. 물론 부모들과의

사이에서도 언어나 사고에 이질감을 느끼게 되니 점점 관계도 멀어
진다. 이 경우에는 100프로 아니 200프로 후회를 하게 된다.

내가 알고 있는 몇몇 한국 부모님들도 이렇게 아이들을 키우고
있는 점을 보면 너무나도 안타깝다.

네 번째, 영국에서 태어나지도 않은 커서 유학을 온 아이들이다.
이 아이들은 두 언어를 다 잘하니 여기저기 다 어울릴 수는 있는
아이들도 있지만 전혀 그렇지 않은 아이들도 있다. 아이들에 따라
서 두 언어와 문화를 골고루 잘 사용해서 영국 안에서 다양한 인종
들과 다 잘 섞이려고 노력하고 열심히 공부하고 이민 사회에서 성
공하려 노력하는 아이들이 있는 가 반면, 그냥 학위만을 따기 위해
유학을 와서 자기네 인종끼리만 말하고 몰려다니는 아이들도 많다
고 한다. 특히 부유한 가정에서 단지 학위만을 따기 위해 유학 온
중국인 학생들이 많이 그렇다고 한다.

난 이 중 '두 번째 아이들'로 키우려고 노력했었다.

자신과 다른 부분을 확실히 인정하고 아주 당당하게 그리고 부모
가 어느 인종이던 자신의 문화와 피를 부끄러워하지 않는 아이. 그
래서 "모자람이 아닌, 난 두 배나 가능성을 가졌고 그 가능성을 백
배로 미래에 활용할 수 있다" 라고 생각할 수 있는 아이로 말이다.

이렇게 아이가 대학에 들어갔다.

이제 2년 반 후면 둘째 아이도 집을 떠나 멀리 본토 대학을 간다. 시골을 떠나 둘 다 대학은 본토 잉글랜드로 가고 싶다고 했다.

이제 내가 아이들을 위해 해 줄 일은 여기까지인 것 같다.

이 글을 쓰고 있는 순간 창가를 통해 들어오는 밝은 햇살이 작은 미소를 짓게 만든다.

제대로 된 한국 음식점 하나 없는 이 시골에서 참 열심히 삼 세끼 밥을 지어주고 아이들 옆에서 그리고 자라면서는 뒤에서 걸어가 주는, 때로는 알면서도 무관심한 척하기 위해 참 부단히도 노력했었다.

사춘기 시절, 아이들의 버릇없는 한 마디에 상처를 받을 때면 당장 부모의 권위랍시고 내 감정 시원해지기 위해 아이를 다그치고 혼내고 싶었지만 잠시 기다려주면서 아이가 스스로 잘못함을 느끼기를 기다려 주기 위해 문고리를 잡고 아픈 가슴을 잡고 혼자 울었던 시기도 이제는 추억으로 지나간다.

너무나도 서툴렀던 이십 대에서 사십 대 중반의 엄마의 삶도 이제 둥지를 떠나려는 아이들 사이에서 막을 내릴 때가 다가온다.

"엄마의 아들과 딸로

태어나 줘서

참 고마워.

사랑해."

1학년의 대학 과정을 영국에서 마치고

두어 달

참으로 무더운 한국의 여름

한국의 역사가 깃든 전통 가옥들과 궁들을 찾아

여기 저기를 전국을 돌아다니며

본인의 정체성과 자아를 찾고 싶다고

지금 한참 여행을 하고 있는

첫째 아이를 응원하며.

긴 글을 마친다.

Durham University

작가의 말

영국에서 스무 해를 보내며 …

앞으로의 이어질 길고도 짧은 삶의 여정들 속에서 어떤 수많은 일들이 부부 사이 또는 아이들과 나 사이에, 그리고 이 땅 영국에서 어떤 식으로 일어날지 모른다.

스무 해를 이방인으로 영국에 살면서도 아직까지도 이해할 수 없는 사고들과 문화, 적응할 수 없는 음식 등과 함께 한국에 있는 가족들과 친구들이 너무나도 그리울 때가 많았다.

피할 수 없으면 당차게 맞닥뜨리라 했던가.

이 또한 내가 선택한 길이니.

내가 대학교 때 일본 유학을 하면서 사랑하는 남자 친구를 만났고 다른 나라에 살고 있는 그 남자 친구와 인연이 되어 장거리 연애를 시작한 그 선택의 순간부터, 그리고 자구 반대편까지 너무 멀리 떠나버리는 삶을 산다는 부분 때문에 결혼을 한참 반대하셨던 엄마를 설득하고 영국이라는 이 낯선 땅에 살기 시작하기까지.

하지만 어쩌면 평생 이방인으로 백 프로 녹아들 수 없는 이 아쉬움은 내가 헤쳐나가야 할 과제이며 나의 책임이었다.

하지만 이 선택을 함으로 세상에서 둘도 없는 나의 귀중한 두 아이를 이 땅에서 가지게 되는 가장 값진 선물과 보상을 받게 되었다.

이 보석들로 인해 주어진 행복했던 삶을 그 무엇에 비교하며 감사하랴.

이제 아이들이 다 커서 첫째가 대학에 입학했고 그리고 몇 년 후면 둘째 아이도 독립을 하게 된다. 이 영국 시골을 떠나 대학은 큰 도시로 가겠다고 한다. 마음 같아서는 조금 더 같이 있고 품어주고 싶지만 내가 바로 이 나이 때 날개를 달고 일본으로 훨훨 날아 떠났듯 떠날 준비를 하는 내 아이들을 이 작은 둥지 안에 내 욕심 때문에 더 이상 붙잡아 둘 수는 없다는 걸 나도 잘 안다.

이제는 슬슬 마음의 준비를 해야 한다. 그리고 함께 할 수 있는 이 짧은 시간들 동안 아이들에게 가장 필요한 부분이 무엇일까 생각해 본다.

엄마로서.. 나의 사랑하는 딸에게 아들에게..

조금은 철이 없던 엄마였지만 나중에 아이들이 떠나갈 때 후회하지 않도록 최선을 다 하고 싶다. 아이들이 가장 편하게 지낼 수 있

는 보금자리 안에서 맛있는 것도 많이 만들어주고 독립을 해서 혼
자 살아가야 할 때 스스로 달고 날아가야 할 날개를 준비하며 예쁘
게 닦아주고 격려해 주며 많은 추억을 만들고 많이 웃을 수 있는
매일매일을 만들어 줘야겠다.

나도 엄마가 처음이라 많은 실수도 있었다.
하지만 영국에서 두 아이를 낳고 영국과 한국을 오가며 어린 두
아이들을 키우면서 주변에서 듣고 직접 경험하고 또 내 나름 비교
하면서 겪었던 문화들의 차이와 교육에 대해 주저리주저리 나누었
던 수많은 글들이 미래에 부디 많은 이들에게 도움과 참고가 되기
를 바라며.

그리고 아이들을 격려하며 보낸 뒤,
이제 다가 올 몇 년 후부터는
내 인생 제3막을 만들어보고 싶다.

그때는 누구누구의 엄마가 아닌 내 이름 석자로 다시 돌아가고
싶다.

지희야.
참 이 멀고 낯선 땅에서
그 동안 너무너무 수고했어.

아인슈타인이 이런 말을 했다고 한다.
"매일 똑같은 삶을 살면서 더 나은 미래를 기대하는 것은 정신병 초기 증세다"
 -Albert Einstein-

나도 이제 슬슬 나만을 위한 날개를
미리 준비하고 닦아둬야겠다.

Oxford Island Northern Ireland

2022년 8월

박지희

P.S. 항상 나의 멋지고 든든한 아들 가진이, 그리고 엄마의 첫 책 두 권을 표지 디자인 해 준 이쁜 우리 딸 가영이. 다들 너무 너무 사랑해.

영국에서 두 아이 키우기

발 행 | 2022년08월10일
저 자 | 박지희
펴낸이 | 한건희
펴낸곳 | 주식회사 부크크
출판사등록 | 2014.07.15(제2014-16호)
주 소 | 서울특별시 금천구 가산디지털1로 119 SK트윈타워 A동 305호
전 화 | 1670-8316
이메일 | info@bookk.co.kr

ISBN | 979-11-372-9146-1

www.bookk.co.kr
© 박지희 2022